ある晴れた日に、墓じまい

堀川アサコ

角川文庫
22284

目次

1　墓じまいを思いたった

広いロビーは、怪我や病気を抱えた人、怪我や病気の家族を抱えた人で、混雑していた。

不安そうな顔。物慣れて無感動な顔。

その人たちの服装が、ほんのわずかな間にダウンやウールのコートに変わっている。入院するときに着て来た貧弱なジャケットで、外に出るのはいかにも寒そうだ。インフルエンザのシーズンが始まっているのに、マスクすら用意していなかったのも、手抜かりというものだ。

（危機管理がなっていない）

おのれを戒めながら、コロコロと小振りなスーツケースを転がして歩く。

何日もベッドの上で過ごしてきたから、少しだけ浮遊感があった。

会計のカウンターは一番奥まった場所にあり、正美(まさみ)は十日分の入院と手術にかかったお金を支払った。

かえすがえすも後悔するのは、がん保険に入っていなかったことだ。入院だ、手術だといわれたときは、ただひたすら病気が怖かったが、いざ退院までこぎつけてみれば、目の前に迫るのは生活である——生活費である。

店は相変わらずお客が来てないだろうし。いやそれよりも、うな重が食べたいわ。

そんなことを考えていたら、聞き覚えのある声がした。

「店長！」

フェイクグリーンの鉢の列の向こうで、派手なおばちゃんが手を振っている。

「あ。ヒロコさん、どうも、どうも」

正美は手を振り返した。

ヒロコさんは、正美が経営する時書房(ときしょぼう)という古書店の、ただ一人の従業員だ。正美よりちょうど十歳年上の五十四歳で、独身で、個性的なファッションセンスの持ち主である。

基本的に、厚化粧で口紅はいつも真っ赤。今日のいでたちは、凝った模様の手編みのセーターに、厚手のウールのハーフパンツ、バラの意匠が織り込まれたタイツは、ふくらはぎの湾曲でバラ模様が著しく歪んでいる。

「迎えに来たわよ」

いうなり、個別包装のマスクを差し出された。正美がマスクのことを失念していることなど、お見通しだったらしい。

「店長、あんた、なんでそんなに荷物が少ないのよ」

「あたし、ちっこいから」

「それにしたって、少なすぎでしょ」

正美の手からスーツケースの把手をひったくる。

「店のクルマで来たのよ。家まで送ってあげる」

「恐れ入ります」

「何か食べたいものある？」

「うーん」

考えるそぶりをしてみせた。でも、退院して最初に食べるものは、とっくに決めてある。

「うな重」

「じゃ、大吉庵に行こう。おごったげるから」

「え」

大吉庵というのは、古書店や正美の住まいの近くにあるうなぎ屋だ。味に定評がある分、いささかお高い。ヒロコさんには、世の中の常識からかけ離れた薄給しか支払っていないのに、大吉庵のうなぎなどおごらせたら天罰がくだるというものだ。

「いやいや、いいです。ここは割り勘で」

「たまには、甘えなさいよ」

ヒロコさんは、聞く耳を持たない。すたすたと立体駐車場に向かって歩き出した。小太りの派手な姿は、女王陛下みたいに威風堂々としている。

正美は慌てて後を追った。いつの間にか、さっきまでの浮遊感は消えている。

「体調はどうなの？」

ヒロコさんは軽ワゴンの後部座席に正美のスーツケースを載せると、自分のショッキングピンクのリュックをとなりに置いた。正美は手縫いのお稽古袋みたいな手提げをひざにのっけて、助手席におさまる。

「意外なくらい、上々ですね」

「抗がん剤の治療はするの？」

エンジンを掛けて、こちらを見ないままで訊いてきた。

「病理検査の結果次第なんだそうです。——でも、すると思います」

「髪、抜けるのかしらね」

「たぶん」

抗がん剤治療の副作用というものは、医師や看護師や同胞たちから話を聞くにつけ、本を読むにつけ、大層つらいものらしい。まったく、気が重くなる。それで、比較的どうでもいいことを口にした。

「ウィッグ(カツラ)、高いんですよ。ファッションタイプだと、やっぱりヅラだってわかるらしいんですよね。かといって、医療用の本格的なのになると、二、三十万円もしちゃうんだって」

「あらら、大変、大変〜」

ヒロコさんが軽薄そうにいうので、正美は口惜しくなって話題をシビアな方にもどした。

「副作用、すごいんですって。爪とか、剝げちゃったりすることもあるって」

「だけど、あとは治るだけよ」

「まあ——そうですかね。そうですよね」

毎年受けている地域の健康診断で、乳がんの疑いを指摘されたのが七月末のことである。

それから、再検査を受け、駄目押しの告知を受けた。

ショックだった。文字通り、死ぬかと思った。

ショックが強くて？　病気がヤバくて？　両方だ。

手術が遅れることが怖くて、セカンドオピニオンの受診をしようとさえ思わなかった。ともかく、悪いところは一刻も早く切り取ってほしかったのだ。

それなのに、入院するまでひどく待たされた。梅雨が明ける前に告知を受け、手術を終えて退院してみれば、そろそろ年末である。手術はほんの十日足らず前のことだから、四ヵ月も待ったわけだ。その間、病気が進んで手おくれになるのではないかと、焦れに焦れた。

実際には、長い待ち時間で受けたダメージは、精神的なものだけだったようだ。ほかの患者も、やはり同じくらい待たされている。

「手術の後遺症とかないの？」

正美はマスクのうすいひだの下で、顔をくしゃりとしかめた。

「腕を上げるのが、かなりキツイですね。それから、重たいものは持ったらダメだっていわれました。力仕事の禁止は、一生ものらしく――」

生業の古本屋は、若いころに始めたから、もう二十年近くも続いている。

その二十年近く、ずっと経営危機だったが、今ほどマズイことになったのは初めてだ。なにしろ、本というヤツは重いのである。たとえ商売にしていなくても、本好きならば部屋の模様替えや引っ越しのたびに、そのことを思い知らされる。いわんや、古本屋ともなれば、ギックリ腰になって初めて一人前といわれるくらいだ。

「それは、問題だわね」

ヒロコさんは思案気にいって、ハンドルを回した。

時書房のロゴをペイントした軽ワゴンは、病院前のコンコースを抜けて、目抜き通りに出る。道路工事で、道は渋滞していた。黄色と黒のフェンスに巻かれた赤い電球を見ていると、不思議と心が躍った。——どうやら、連なる電球のイメージが、クリスマスの電飾に変換されているらしい。

（あ。マズイ。おねえちゃんの誕生日を、忘れてた）

不意に、現実に引き戻された。

姉の居る障がい者施設では、折々の行事ごとの飾りつけに余念がなかった。中でもクリスマスは、一年のうちで最も大事なイベントだ。大人になってからのクリスマスのイメージは、そのまま姉へとつながっている。

（おねえちゃん、あたしが行くの待ってたろうな）

姉のことが意識に浮かんだとたん、あたたかさと、罪悪感と、少しばかりの鬱陶しさが込み上げてきた。

姉の君枝は、正美に似ていなかった。家族のだれにも似ていなかった。君枝はダウン症という病気を背負わされて生まれ、人一倍優しい心を持っていた。正美はそんな姉が大好きだ。

君枝が施設に入ったのは二十歳になる年で、以来、正美は姉の誕生日には必ず、プレゼントを持って会いに行く。最初に行ったのは中学二年のときだった。一人で電車とバスを乗り継ぎ、二時間かけて辿り着いた藤沢の施設が、とてつもなく遠く感じられたのを今でも覚えている。

以来、三十年間欠かしたことのない誕生日の面会を、今年はすっかり忘れていた。自分の病気にかかりっきりだったのである。今しがたのあたたかさと、罪悪感と、鬱陶しさが、少し濃い波となって再び胸に満ちた。

そのせいだろう、もっと重たい波が寄せて来る。手術の翌日、麻酔の残滓に朦朧としながら、不意に思いついたことだ。

墓じまいをしなくては。

すごく面倒くさいけど。

それは決して進んでしたいことではなかったため、つい愚痴っぽく口をついて出た。

「あたし、うちの墓じまいしようと思うんですよ」

ヒロコさんが、ちらりとこちらを見た。目を前方にもどし、赤信号で停まった。その後の沈黙に圧を感じて、正美は弁解するような早口になる。

「だって、うち、あたしでおしまいでしょ。もしも、あたしががんで死んだりしたら、墓守りが居なくなりますから」

「お兄さんは？」

ヒロコさんが反応してくれたので、心のどこかでホッとする。同時に、兄のことなどいわれて、カッとなる。

「あの人に任せたら、無縁墓決定です」

無縁墓とは、継ぐ者が居なくなってしまった墓のことだ。墓参りはおろか、草が伸びようが墓石が倒れようが、未来永劫放置される。

否。

実際には、無縁となってしまった墓は、いずれ撤去されてしまう。墓の維持や管理にかかるお金を、負担する者が居なくなるからだ。撤去されるまでの管理費や撤去の費用は、赤石家ではない誰か（たぶん墓のあるお寺）の負担になるのだから、世の中に対しても顔向けできない仕儀である。

その場合、葬られた先祖たちは、同様に無縁となった遺骨といっしょに合同墓に移されてしまう。いくら死んでいるからといって、相談もなしに他人と一絡げにされるのは、納得がいかないだろう。

正美にも兄にも子どもが居ない。赤石家の墓が、無縁になるのは当然の流れだった。兄はこういう問題に関して、寸毫も頼りにならない。したがって、墓じまいは正美がするしかないのだが――そんなの、まだ先のことだと思っていた。

「おとうさんは、賛成してるの？」

「そこが問題でして」

正美は膝の上の手縫いの手提げを、いらいらと両手で揉んだ。

「おそらく、反対してキレまくるでしょうね」

日頃から正美に父親のことを聞かされているヒロコさんは、困ったように笑う。そして、真面目な声になった。

「店長、自分が死ぬと思ったんだ？」

「え、うん、まあ」

「死なないわよ。誰が死ぬもんですか」

ヒロコさんはこんなときの癖で、少し意地悪な口調になる。

「他人事として客観的にいわせてもらえば、店長は死にません」

「でも」

正美は天邪鬼にも、いささかムキになる。

死ぬのは怖いか？

以前は、いつ死んでもいいと思っていた。

それは、正美が死と縁遠かったことの証拠にほかならない。

──赤石さん、がんですね。

医師に告げられたときに浮かんだのは、いみじくも、自分の葬式の情景だ。その空想は、ひどくいたたまれないものだった。忌避するのは、死が迫って来たという証しだ。

「だいたいね、店長、今の時代は二人に一人ががんになっているっていうじゃない。いちいち死んでいたら、日本の人口が減っちゃうわよ」

二人に一人、というのは正美も聞いたことがある。ヒロコさんのいうことは、正しいのだろう。前にがんをやりましてねえ、なんて、明るい顔でしゃべる人たちに、正美もいちいち思い出せないくらい何回も出会っている。

「墓じまいのことを考えておくのは、良いことだわよ。だけど、何も今急いで考えることないじゃない。がんの手術したなんて、すごいことよ。これから抗がん剤の治療も始まるのよ。それなのに、墓じまいのことまで考えるなんて、詰め込み過ぎってもんでしょ」

「うーん」

いわれるまでもなく、正美だって墓じまいなんか、したくないのだ。しかし、頼れる家族が居ない以上、考えないわけにはいかないではないか。そういおうかと思ったけど、やめた。ヒロコさんと議論するには、少なからぬエネルギーが要る。

大吉庵は、いつものように混んでいた。

「予約をしておけばよかった。店長の好物を知ってるのに、あたしも気が利かないわよね」

店員が空席を探す後ろで、ヒロコさんは愚痴っぽくつぶやく。

それでも運よく衝立のかたわらの四人掛けの席に座れた。お重が運ばれて来るまで、さほど時間はかからなかった。

「わあ、美味しそう」

正美は無条件でうれしくなる。店に充満した、健康で幸せそうな空気も、またご馳走だった。穏やかな雑談の断片が、空気のように流れて来る。昨日見た猫の動画のこと、娘の部活のこと、彼氏の実家のこと、妻の旅行土産のこと、住宅ローンのこと。

（ローンか……）

こと、お金に関するフレーズに、正美はわれに返った。やっぱり、ここでおごってもらうのは気がひける。

ヒロコさんは、二年前の春先に、ふらりとやって来た。アルバイトに来ていた若い主婦が夫の転勤で長野に引っ越すことになり、『従業員募集』の貼り紙をした翌日に、ひょっこりと現れたのである。

ヒロコさんは、泣く子も黙るような大手の新聞社を、定年退職ではなく、思い立って辞めたという。どうして、とは訊けなかった。そういう立ち入ったことを尋ねるのは、正美はとても苦手だ。一方、ヒロコさんは、他人ごとに立ち入るのが、やけに巧みである。

お給料安いですよ……？　おずおずといったら、ヒロコさんは全く大したことではないというように、両手を胸の前辺りで開いてホールドアップの真似をした。いいえ、いいえ、いただける分でいいですから。

それで言質を取ったつもりはないが、ほんのスズメの涙ほどの月給が時書房の実力だった。それでも、ヒロコさんは少しも生活に困った様子がない。中古の分譲マンションに住んで、リクガメ一匹とむつまじく暮らしている。ときたま、海外にも遊びに行く。そのときには、リクガメは正美の世話になる。

一方の正美は、慢性的に貧乏だ。しかし、実家は開業医なのである。赤石小児科。親が医者というのは、貧乏に縁遠いように聞こえるが、赤石家が裕福だったためしはない。院長……つまり正美の父親の性格に難があり、患者が寄り付かないのだ。

元より実家を頼るつもりもないが、正美は爪に火をともすようにして暮らしている。しかし、古本屋というのは、やり方次第では決して儲けられない商売ではない（らしい）。しかし、同業者と顔を合わせれば、「売れない」「お客が少ない」というのが合言葉のようになっている。

ぐぅぅひゃひゃひゃひゃひゃひゃ！

突然のこと、かたわらで男の下品な笑い声が炸裂した。

それは、竹製の衝立越しに聞こえてきた。

同じくお椀を持ち上げていたヒロコさんも、動きを止めて眉をひそめた。それぞれの話題で静かに盛り上がっていた全てのお客たちが、やはり同様に黙り込んでしまう。

笑い声の主は、少しの遠慮もなく言葉を発した。

「課長にはつ、つ、もたせともち、つ、もたれつが、同じに聞こえるわけよ。下請け業者に電話で、『ウイルスさん、ここはおたがい、つつもたせでいきましょう』とかいうわけ」

ふたたび、ぐぅぅひゃひゃひゃひゃひゃひゃという爆音。

「ちなみに、ウイルスさんっつーのは、ウェルネス・システムっていう会社な。課長の耳には、ウ、い、エ、い、ルネスがウ、い、イルスに聞こえてるらしいの。ぶぅっわっかじゃね？」

いやな予感がする。正美は頭の中が熱くなって、受けたことのない抗がん剤治療の副作用に襲われたような気分になった。ちょいと背のびして、衝立の上から爆笑男の顔を盗み見る。

そして。

（ちょっと。やっぱり。いやだ。うそでしょ）

その男は、正美の見知った者だった。かつて、世界のだれよりも、正美の身近に居たその男は――正美の元の夫なのだ。

遠藤達也（えんどうたつや）という。

若い頃からこの男は俳優並みの美男子だった。

もちろん（だが）、俳優でもモデルでもなく、区役所に勤めている。

まったく、若気の至りとしかいいようがない。達也の外見の良さに惑わされ、生涯の伴侶（はんりょ）にできると思ってしまった。二十年以上も前のことである。

目の前のうな重の温度が一気に下がり、味が消えた。

正美は生来、食い意地が張っている方ではないが、がんの手術を終えて退院した日に好物のうな重を冷や飯に変えた元夫の登場に、憎しみを覚えた。その沸騰する気持ちは、達也が連れていた若くて可愛らしい（そして、脳内に花畑がわいていそうな）女の、甘ったれた声により、拍車がかかった。

「なにそれ。リカは、つつもたせってわかんないんだけど。ウイルスはわかるよ。開くとヤバイ添付ファイルとかに付いてるヤツでしょ」

「バカだな、おまえ。ウイルスっつーのは、細菌のこと。で、つつもたせっつーのはな――」

聞きながら、正美は「バカはおまえだ」と心で叫んだ。「ウイルスと細菌はちがうんだよ！」

同じことを考えたらしいヒロコさんの顔がナマハゲみたいに怖くなり、正美の内心の叫びと同じことを、衝立越しにブチまけそうな気配を発する。

『ヒロコさん、落ち着いて！』

『だって、店長、こんなバカップルを放置したら、お天道さまが許さないわよ』

『まあ、落ち着いて、落ち着いて』

『落ち着いていられない。細菌は細胞膜があってれっきとした生物。ウイルスは細胞膜はなく、自己増殖しないで複製することで増える。それこそ、つつもたせと、もちつもたれつくらいちがうのよ』

『でも、ほら、ヒロコさん一人で、世界中に居るこのタイプのヤツらを啓蒙できるわけでもないし……』

二人が声にならない会話で押し問答している間に、達也はいよいよ増長する。

「つまりだな、あのバ課長は、つつもたせと、もちつもたれつの、両方に二つのつがつくから、区別がつかないんだよ」

黙りこくってしまった客たちの中で、お人好しそうな老人がぼそりとつぶやく。

——つつもたせともちつもたれつじゃあ、いくらなんでもまちがわないさ。

それが思いのほかに広く響き渡り、達也の耳にも届いたようだ。若い女をエスコートしてテンションが最高潮に達している達也は、自意識過剰な反応をする。

「おいおいおい。なんか、ここさ、皆でおれらの会話に聞き耳立ててないか？」

二十年前に縁が切れているというのに、正美はほかの客たちに謝罪したくなった。この地声の大きさしか際立つことのない男を、どうかお許しください。こいつは、自分の視界に入っていない人には、このダミ声が届かないと信じている頓馬なのです。

「あの、お客さま、もう少しお声を抑えていただけますと——」

いつも低姿勢の店主が、恵比須さまみたいな笑顔で達也のかたわらに立ち、言葉を選び選び、話しかけた。

（これは、ちょっとマズイかも）

正美は、さっきから持ち上げたままのお椀を置いて、透視能力でもあるみたいに、衝立の竹の肌を凝視した。

このバカデカ声男は、若くて可愛い女が近くに居ると、ほかのオスに対して好戦的な態度をとる癖がある。カワイコチャンを前に、オレサマの強さを見せつけたいのだ。かつて伴侶だったとき、正美はそのせいでどれだけ赤面し、どれだけ世間に対して謝ったことか。

（二十年経っても、まだ動物並みなのか）

動物並みだった。

編まれた竹の隙間から、達也が恵比須顔の店主に向かって、ガンを飛ばしているのが見えた。リカという、アイドルみたいに可愛い彼女が、二十年前の正美みたいにおろおろし出した。そうだ、達也、彼女だって困ってるじゃないか。

「なんだよ、自由に話もできないのかよ。ここは天下の往来だろうが――」

バカ野郎。往来とは道路のことだ。うなぎ屋と道路の区別もつかないのか。

正美は、立ち上がっていた。

椅子の背がコンクリートのたたきに当たって、びっくりするほどの高い音をたてる。

その音と、おそらく殺気のようなものを感じたのだろう。達也がこちらを見た。

「うわ――うわあ」

達也は漫画みたいな驚き方をした。リカという娘はまつ毛を盛った美しい目を瞬かせ、禿頭の店主もまた同じ表情で目をぱちくりさせている。卓をうめるお客たちは、全員がこちらを見ていた。ヒロコさんも、オペラ座で怪人を目撃したみたいな顔をしている。

(しまった)

あたしは、どうしてこんなことをしているのか。店中の注目の的ではないか。

向こう端で、若い男がこちらにスマホを向けている。中年の会社員の二人連れが、にやにやしながら小声で話している。ママ友らしい一団が目を輝かせて、互いの顔と正美との間に視線を往復させている。そして、達也は——。

「うわあ、うわああ」

達也は、もう一度、とびきりの大声を上げて席を立ち、まだ椅子にかけているリカの手を引っ張ると、無理にも立ち上がらせた。

「なにさ、痛いじゃんよ、たっちゃん」

「いいから、来い！　いいから！」

達也は可愛らしいリカを引きずるようにして、大吉庵から消え去った。自動ドアの開閉が間に合わないほどのスピードだった。

混乱の残滓(ざんし)を、店主が常と同じ縁起の良さそうな笑顔でリセットさせた。お客たちは、三々五々に互いの会話と食事を再開し、正美はもじもじしながら椅子に腰を下ろした。

「さっきのあれ、知ってる人？」

ヒロコさんが、衝立ごしに空っぽになった卓を目で示して訊(き)いてくる。正美はしばしためらい、しかしこんな場合にごまかすのを潔しとしない性分から、真っ正直にいった。

「元旦那(だんな)です」

「え？　あらまあ」

ヒロコさんは、ごく控え目に驚いた。

「ここで逢ったが百年目ってヤツだったわけ？　だけど、店長がバツイチだったのには驚いたわ。え？　バツイチ？　二とか三とかじゃなく？」

「一です。一応」

「でも、あんまりお似合いじゃないわね」

「だから、別れたんです」

「イケメンみたいだったけど」

「イケメンだったんですよ」

正美は、すっかり冷めてしまった肝吸いをすすった。少しも美味しくなくなっていた。

（達也め、達也め、達也め……）

達也は久しぶりに見た現在も、中堅俳優のように颯爽とした風貌をしていたが、出会ったころはまことに美男子だった。自分は決して愚かな女ではないはずだと、正美は信じている。しかし、二十四年前の正美はあまり賢明ではなかった。

正美は、達也の輝かしい外見に恋をした。あの顔、あの背丈、あの肩幅に――ぽーっとなった。周囲から、達也とカップルとして認識されることが、誇らしかった。二人で居るとき、達也の全てのあばたはえくぼへと変換された。

正美の胸中は、結婚以外に選択肢はなかった。達也が自分ではない女のものになるなど、あってはならない未来だったのだ。

しかし、正美がいくら達也（の容姿）に惚れたからといって、易々と結婚までできるはずもない。ところが、それができてしまったのは、正美もまた遠藤達也の好みにどストライクの外見をしていたからだ。

正美は実に大人しそうな見て呉れをしている。小柄で細身で色白で、むかしの青年漫画に出てくるヒロインのように、男の庇護欲求を掻き立てるタイプだ。四十を超えた今となってはさすがに薹も立ったが、達也と付き合っていたころは、清楚で優しそうで従順そうな娘だった。主義主張などなさげで、あまり賢そうにも見えなかった。

実際のところはしかし、正美はむかしからアカデミックな人間で、おまけになかなか勝気である。

「店長はまるでムシトリスミレだね。あのイケメンは、本性が見抜けなかったんだわ」

「食虫植物ですか」

「可愛い系の」

可愛いといわれるのは、まんざらでもない。正美はニヤニヤした。

「そういうところで喜ぶのは、確かにちょっと可愛いのよねえ」

正美と達也は、互いに一目ぼれし、お互いをよく知ろうともしないままに伴侶(はんりょ)とすることを決めた。結婚は二人の間に、かぞえきれない衝突といさかいを生み、二年後に破綻(はたん)した。よく二年ももったものだと、今になれば思う。

2　赤石小児科院長

ヒロコさんに自宅まで送ってもらった。

スーツケースを四階のドアの前まで運んでもらい、正美は恐縮して何度も礼をいう。

「明後日から、店に行きますから」

薄給取りのヒロコさんは、この十日あまり、一日も休まず勤務している。おまけに、ブラック店長にうな重をおごり、荷物を四階まで持ち上げてくれた。

「無理しないで、休みなさいよ」

ヒロコさんはさっさとこちらに背中を向け、後ろ手を振りながら階段を下りて行く。

「店のことなら、ご心配なく。乗っ取っておいてあげる」

「あはは。そのときは、あたしを雇ってください」

ヒロコさんの姿が踊り場を折れて階段の下に消えてから、ドアを開けた。狭い玄関は、ひんやりとしていた。白い運動靴を脱いで、ペタリと廊下に足をつけて、鼻から息を吸った。歩いて一歩の場所にある洗面所で丁寧に手を洗い、窓を開けた。隣家の駐車場、狭い道をはさんで板壁の古い家の前庭に山茶花が咲いている。生きて帰ったという実感が、じわりとわいた。

（冷蔵庫、からっぽだわ。買い出しに行かなくちゃ）

面倒なことも、一興だ。それで、無意識に鼻歌を歌う。

部屋に入って、エアコンのスイッチを入れた。

正美の住む賃貸マンションは、築四十年の２ＬＤＫ。水道の蛇口や、トイレの壁や便器や、照明器具などが古臭くて、その来歴を物語っている。おかげで、家賃がずいぶん安い。正美は四十年のうちの半分もの長きにわたり、ここで一人暮らしをしていた。

身辺を整頓するのが好きで、余分な物は持たない性分なので、本当はワンルームでもさほどストレスはないのだ。

しかし、本だけは多い。本さえあればたいていの問題に対して目をつぶれる。それは「好き」というよりは、「習慣」であり「依存」だった。正美にとって本とは「米」や「布団」と同等の必需品で、それに小遣い銭のほとんどを費やすのは当然のことなのだ。いや、本は「防空壕」や「シェルター」と同等の、生きるための避難所だった。

何からの避難？

人生から。家族から。

親もきょうだいも家も、正美を幸せにしてくれなかった。中1のときに、新しい級友に連れられて初めて書店に行き、小遣い銭で『不思議の国のアリス』の文庫本を買った。

なんだ、これは……。

愕然とした。

五百円足らずの、うすい小さな本の中に、無限の空間と無制限の自由があった。それを、手に入れられたという僥倖に、正美は目を見張った。正美は、もはや不幸せな娘ではなくなった。すぐさま、本の虫になった。本を読むことと同時に、正美は本を所有することにも喜びを覚えるようになる。斯くして今、住まいの一室は本に占拠されている。

(達也は、本なんか読まなかったなあ)

達也と暮らした二年の間、彼は文字だけの本など一冊も読んだことがない。正美は読書という楽しい習慣を、愛する人にも分け与えたいと思い、あれこれと世話を焼いた。

ねえ、達也、この本面白いと思うよ。書店に連れて行き、次から次へと手渡してみた。読みやすい文体のミステリを、映画化された青春小説を、百万部を超えたベストセラーを、ゲームのノベライズを、ライトノベルを——。達也は正美の親切を笑顔でかわし、青年漫画雑誌ばかり買った。正美によく似た風貌の女の子が出てくる、実践的な（つまり、セックスに主眼を置いた）恋愛ものを好んで読んでいた。

正美は達也が頑迷な男だと思った。

それでも、達也は怒り出さないだけマシだ。

正美が本の面白さを覚えたてのころ、居間で読書していたら、父親に本を取り上げられて破り捨てられたことがある。開業医でありながら、さしたる理由もなしに烈火のごとく激高して、患者に見放されているような人だ。商売抜きにお山の大将でいられる家庭においては、父は気紛れな独裁者だった。

それでも、父には父の理屈がある。

正美の本を破り捨てたとき、父はテレビで大好きなスポーツ中継を楽しんでいた。それに興味を示さず、本から顔を上げない正美に、父は腹を立てたのである。くだらん本にうつつを抜かし、スポーツの国際試合を応援できないとは、見下げ果てたヤツだ。おまえには、日々努力する選手たちへの敬意というものがないのか。

こういうときの常で、母が懸命に正美をたしなめた。おとうさんに謝りなさい。いいから、おとうさんに謝りなさい。姉が泣き出し、兄は目の端で笑っていた。

（あー。思い出したら、腹が立ってきた）

せまいキッチンで、鉄瓶に水を入れてガスコンロに火を点けた。

テーブルに投げ出したままの雑誌を持ち上げ、ページをめくった。お湯が沸騰するころには、気持ちも平熱にもどっている。ほうじ茶を淹（い）れて、グラビアを眺めた。京都の喫茶店について書いた記事を目で追い、旅行ができる自由と、自宅にいられる自由を、ともに温かいお茶といっしょに味わった。

「…………」

唐突に立ち上がると、セーターを脱ぎ、発熱素材の長袖（ながそで）Tシャツを脱ぎ、下着を脱いで上半身裸になった。いつの間にか、仏頂面にもどっている。部屋を出て廊下を横切り、洗面所の鏡と向かい合う。

現実が映っていた。

片方のおっぱいがない。乳首もなくなっているので、胸の右半分が背中みたいだった。

不思議と、心に波は立たなかった。くしゃみが出そうになり、二の腕から手首まで、寒さで鳥肌が立っていることに気付く。正美はもう一度、鏡に映った自分の上半身を睨（にら）んでから、そそくさと暖房の効いた部屋にもどった。

乳房というのは、いったいだれのためにあるのか。

達也は、大きなおっぱいが好きだった。達也が嬉（うれ）しそうに読んでいた漫画に、日常生活において巨乳をむきだしにした美女が登場していたのを覚えている。彼女はどこに居ようと、おっぱいを服でも下着でも隠していないのである。それは達也が通常読んでいる青年漫画ではなく週刊の少年漫画誌だった。つまり、少年もおっぱいが大好きなのだ。青年もおじさんも、おじいさんも、おっぱいが好きだ。たぶん。

世に豊胸術というのがあり、インターネットでは巨乳をぶるんぶるんさせた美しめの女の広告をよく見かける。彼女らの加工された乳房は、おっぱい好きの男たちを集める蜜なのであろうし、自身の美意識を満足させるためなのであろうし——何にせよ正美には共感するのが難しかった。どちらかというと、すっきりと小さめの胸が好きだった。つまり、おっぱいなんか、どうでもいいと思っていた。乳房などというものは、子育てのための器官であり、母乳さえ出れば問題ない。子どもの居ない正美には、さして重要なものではない。

だから、切除した乳房の再建を提案されたとき、別に要らないよなあと思った。からだの別の部位から脂肪を取って移すとか、シリコンを入れるとか、乳首まで作り直せるとか聞いても、やっぱり別にいいよなあと思った。もう充分に面倒くさいことをしたのである。治療とは関係のないことに、神経を遣いたくないと思った。

しかし、こうして自宅で人心地がついて、いざ失ったものを直視するのは、憂鬱であった。ショックである、ともいえる。

着替えのたびに、入浴のたびに、この現実と対峙しなければならないのが億劫だった。かといって、再建のためにまた入院だとか手術をするなんて、とてつもなく面倒である。無料でできるものでもないだろうし、その間はまた仕事を抜けなくてはならない。

　さりとて、胸の半分が背中みたいになった現実もまた、正美に不要なエネルギーの消費を強いた。

（やめだ、やめだ！）

　書庫部屋とは別に、リビングにも小さな本棚が置いてある。その正面に座り込んで、失くした乳房のことは、頭から追い出した。気分転換が必要だ。正美は本の虫だから、たいていは書物の中に救いと答えを求める。ごく当然のこととして、そうする。こんなときは、容易に入り込めて、エネルギーの強い本を眺めるに限るのだ。

　ターシャ・テューダーの写真集を引っ張り出した。

　エアコンの温風の吹き出し口の下で、正美はあぐらをかいてページをめくった。

　ターシャ・テューダーは、九十二歳で亡くなったアメリカの絵本作家だ。美しい変人である。とてつもない田舎にとてつもなく広大な土地を買い、それを庭にした。生涯、十九世紀の農婦みたいな服を着て、十九世紀の農婦みたいな生活をしていた。

　この人のことを、テレビの解説で「おばあさん」といった俳優が居て、正美は違和感をおぼえた。九十二歳まで生きたターシャ・テューダーの晩年は、当然のこと年寄りだったが、それでも彼女はおばあさんではなかったのである。

同様に、女優とか、芸術家とか、恩師とか、近所の矍鑠とした老婦人なんかも、おばあさんと呼ぶことに違和感を覚える。

賢者は、年をとらない。不老、だ。

それと――。

だれかが亡くなると、「□□さんは、わたしの胸の中で生きている」などというフレーズが、フィクションにつけノンフィクションにつけ、むかしからよく使いまわされている。それもまた、ちがうと思う。

（それって、ただの思い出だよね）

亡くなった人間の「思想」や「仕事」こそが、不滅なのだ。たとえば、夏目漱石のことを、ことさらに故人として認識したりしない。つまり、夏目漱石は、死んでいない。

不老不死とは、そういうことではないかと思う。

活躍する人は老いない。活躍した人は死なない。

それは別に偉人だけに限ったことではない。恩師は老いない。町内会長は死なないのだ。

ただし、あくまでも概念のお話。だれしも、生物学的には、老いるし、死ぬ。老いや死の恐怖からは、何人たりとも逃れられないのだ――やっぱり。花の溢れる広大な庭の写真を眺めながら、正美は結局は暗い結論に行きついてしまう。

電話が鳴ったのは、そのときだった。

正美は元々、電話という代物が好きではない。中でも、家族からの電話は、ロクなものであったためしがない。母は亡くなっているし、姉は施設に居るし、兄は家出している。つまり、家族からの電話というのは、父からの電話と決まっている。なおさら、好んで出たくない。それで、家族（父）からの電話は警戒のために、わざわざ嫌いな着信音に設定してあった。それは、一般的な電話の呼び出し音である。

耳に当てると、父の声がした。

――話があるから、明日の十時、病院に来なさい。

「あ……はい」

答えを返すと、受話器を叩きつける音とともに通話が切れた。父との会話は短いにこしたことはないが、これはいったいどうだろう。娘の入退院に対するいたわりもねぎらいもないのは、父らしいといえばいえる。そもそも、入院には家族の保証人が必要だといわれて、正美もしぶしぶ父に伝えたのだった。

（なんだろう。行きたくないなあ）

正美は愚痴っぽく考える。

実家は代々、開業医だった。曾祖父が内科医院を開業し、三代目を継いだ父が「生意気な患者は御免こうむる」といって、小児科に転向した。

父の読みは、半分だけ当たった。患者たちは確かに幼く可愛いらしく、せいぜい注射がいやだといって泣くくらいのものだ。

しかし、わが子に対しての愛情に欠ける赤石洋造氏は、子を持つ親を侮っていた。親とは、ときにモンスターにさえなる。少なくとも、親が子どもといっしょになって泣いてなどいるわけがない。患者の保護者たちは、父が毛嫌いする生意気な大人の患者よりも、はるかに手ごわかった。

父は患者の保護者たちと衝突し、患者の親たちは、父を見放した。結果として、赤石小児科は閑古鳥が鳴くことになった。だから、赤石家は医者のわりに裕福ではないのである。

しかし、父は医師であることに誇りを感じ、なぜかおのれが富裕層であるというまちがった認識を持っていた。父が正美の兄を跡継ぎにしようと躍起になったのは、誇りと実入りの良い（本当は、ちっとも良くないのだが）職業を持たせようという、父なりの愛情であったものか。それとも、家業を継がせなければならないという、むかしの人らしい本能的なものなのか。

それは、兄には有難迷惑だった。兄は医学部に入学できるほどの秀才ではなかったのだ。学校の成績でいえば、正美のほうが上回っていた。しかし、父は男尊女卑の考えが激しく、女ごときに家業を継がせる気はさらさらなかった。加えて、正美はひととおりの成績ではあったが、脳みその具合が典型的な文系なのだ。

父は兄に英才教育を施し、兄は成績の上で父を裏切り続け、父の期待はもはや虐待の域にさえ達し、兄は家出した。二十歳を過ぎたころだ。

兄がそのせいで人生を棒に振ったというのなら、これは正真正銘の悲劇である。

しかし、学校の成績は振るわなかったものの、兄はなかなかの遣り手だったらしく、現在は札幌で内装工事の会社を経営している。一緒に苦労してくれた女性と結婚したが、子どもには恵まれなかった。父とは今も互いに意地を張り合っていて、帰省はおろか連絡を取り合うこともしていない。昨年、母の葬儀で実家に帰ったのは、家出以来、実に三十五年ぶりのことだった。そして、父と喧嘩をしてたったの五分で、札幌にとんぼ返りした。

(明日の十時かあ)

父を訪ねるのは、乳房の再建と同じくらい億劫である。

＊

約束の十時に、少し遅れた。とはいっても、三十秒ほどである。

駅から急いで来たら、寒空の下で汗だくになった。重たいガラス扉を押そうとしたとき、リュックの外ポケットから癇に障る音が聞こえた。例の着信音だ。いそいでファスナーを開けると、ハンカチやティッシュや鍵束を押しのけて、スマホを探した。六回鳴る間、父を待たせてしまい、そのことに戦々恐々としながら耳に当てた。

「もしもし」

と、いったとたんに、怒鳴られた。

――正美、おまえは、いったい、いくつになった。

「え。四十四ですが」

――四十四歳にもなって、約束の時間も守れないのか。十時に来いといったのを、忘れたのか。そんな無責任なことで、世の中を渡っていけると思っているのか。

「え」

すでに、赤石小児科の玄関に足を踏み入れている。が、回れ右をして帰りたくなった。

子が親を訪ねるのに、三十秒遅れたといって、これほどのいい方をされなければならないのだろうか。自慢するわけではないが、大病の手術をして退院して来たのは、昨日のことだ。いたわりの言葉ひとつもないのか——という文句は口を出ることなく

「すみません。今、着きました」とだけいった。

——今、着きましたって——。

父は憤怒のあまり、一、二秒ほど絶句した。

——蕎麦屋の出前のつもりか。親をバカにしているのか。

「…………」

百万の反論が噴出し、それらはもつれ合って意味をなさない暗黒の思考となる。それで、正美も一、二秒ほど言葉を失った。ようやくのことで、最前のセリフを繰り返す。

「すみません。今、着きました」

押し殺した怒りに気付いたのだろう。父はいくらか気圧された声で——早く来なさい。こっちは、忙しい時間を割いているんだ——といって、音を立てて受話器を置いた。

（帰りたい）

靴入れから『赤石小児科』の文字が消えかけたスリッパを出して足を入れ、履いて

来た運動靴をスリッパのあった場所におさめる。外からの来訪者は、正美のほかはだれも居なかった。

待合室に入ると、書類仕事をしていた受付事務員と、書棚の雑誌を整えていた年配の看護師が、笑顔で迎えてくれた。

「正美ちゃん、大丈夫なの？」

「お見舞いにも行かないで、ごめんなさいね」

病気のことは、父から聞いたらしい。父も従業員を相手に話題に出す程度には、気にかけていたようだ。それだけでも、意外だった。

そんな鬼みたいな経営者の下で働いている彼女たちは、いたって気の好い人たちで、院長の気まぐれと横暴に振り回され、給料だって決して高くないはずだが、それでもいつも楽しそうに働いている。どこに居ても暴君としてしか存在できない父に対しても、ただ従順というだけではなく、有能な職業人として先手、先手を読んで動く。待合室も、いかにも温かく居心地が良く整えられていた。小児科らしく可愛い人形や、絵本や、花が飾られている。のらくろやキャベツ畑人形といったレトロなキャラクターが多いのは、父の年齢に合わせてくれたのだろうか。

さりとて、絵本も人形も、活躍することなく新品のまま古びている。

午前十時といえば、小児科医院ならば注射をいやがる子どもの泣き声でも聞こえているものだろうが、ここに限っては患者が居る方が珍しい。だが、それが逆に、赤石小児科の数少ないポイントを稼いでいた。赤石先生は態度が悪いものの、医師としての腕は悪くない。むしろ名医なのである。ここに来れば、子どもの病気は早めに治る。しかも、待ち時間もわずかで済む。賢明な若い親たちが、院長の感じの悪さには目をつぶって、ここを医療の穴場として重宝しているという噂を、正美は一度ならず聞いたことがある。

「じゃ、正美ちゃん」

看護師が、事務的な緊張を交えた笑顔で頷いた。診察室に入るようにという合図だ。父に会いにここに来れば、正美はいつも薬問屋のセールスマンか、風邪を引いた子どもの保護者みたいに、診察室で父と対峙することになる。

「失礼します」

他人行儀な声をかけた。

前に会ったのは正美が入院する直前だから、久しぶりというわけでもない。くたびれたドクターチェアに腰を下ろした父は、その椅子よりもくたびれているように見えた。

「大丈夫だったのか」

正美に似た黒目がちの両目が、しわの中からこちらを見た。それが優しく見えたし、そもそも父の口から出るいたわりの言葉など、生まれて初めて聞いた気がする。それで、正美はひどく驚いた。くたびれて見えたのは、仏心がわいて迫力が減ったせいだろうか。実はこの人なりに、わが身がやつれるほど、正美を心配してくれたのかもしれない。

親からの愛情に不慣れな正美の心から、四十四年間の遺恨が消えたような気がした。それで、一瞬前までの憂鬱（ゆううつ）が、不思議なくらい消し飛んでしまう。入院中のことなど冗談を交えて報告すると、父は興味深そうに耳を傾けた。

だから、正美はまったく油断してしまった。今日まで優しい言葉ひとつかけてもらったことがないせいか、そのたった一つの言葉でこれまで冷遇されたことを忘れてしまうのだから、どちらかというと正美のお人好（よ）し加減にこそ問題があるのかもしれない。

「病気になってみて、つくづく思ったの。人間、いつ何があるかわからないなあって。それで、うちのお墓のことなんだけど、そろそろ墓じまいした方がいいんじゃないかしら？」

「墓？　なんだと？」

父の眉間（みけん）に、見慣れたしわがもどった。正美は、慌てて機嫌をとるように笑顔を作る。

「え、だからね。お墓を管理する人が居るうちに、墓じまいしておかあさんたちの遺骨を永代供養墓に移そうと……」

「バカなことをいうな、バカ者！」

バカ者がバカなことをいうのは、理にかなっている。いやいや、あたしが何かバカなことをいいました？　などと、口に出せるわけがないから、正美は心の中だけでいった。

「永代供養墓だと？」

父の顔に魔物と悪魔と肉食恐竜みたいな表情がギラついた。眉間のしわは通常モードだが、この凶悪さは癇癪のスイッチが入ったときの顔だ。

「おれを、無縁仏にする気か！」

「永代供養は無縁仏とは違うわよ。お墓を継ぐ人が居なくなっても、供養してもらえるって意味だもの」

「どこの馬の骨ともわからん連中と、一緒くたにされてしまうなぞ、無縁仏と同じじゃないか。行き倒れて野たれ死んだ無宿者と、同じ墓になど入れるか！」

「無宿者って……」

父は医者だから阿呆ではあるまいが、江戸時代やら平安時代やら、古典落語の『野ざらし』やらが、現実とごちゃまぜになっている気がした。しっかりしているようでも、今年で八十六歳になる。耄碌してもいい年齢なのだ。それで慌てて、正美は言葉を足す。

「あたしが死んだら、墓守が居なくなるのよ」

ヒロコさんには「死なない」といわれたけれど、同胞の中には入院前に遺言書を作ったという人も居た。正美が遺言書のことに思い至らなかったのは、遺すほどのお金を持っていないためにほかならない。

(死ぬなんてこと、そりゃあ、考えたくはないけど)

しかし、最悪のことを考えるのも、無理はないことなのだ。兄はまったく頼りにならないから、赤石家の墓を継ぐのも始末するのも、正美しか居ない。

(困ったなあ)

墓じまいという言葉を出した以上、事態が紛糾したままで逃げるわけにはいかなかった。どう説得しよう。説得が無理でも、父の変な思い込みをどう修正しようかと考えていると、父は意外なことをいった。

「そんなことなど、おれがとっくに対策を考えてるよ」

「そんな、こと?」

正美は、おっかなびっくり、鸚鵡返しに訊いた。

「墓守のことだ」

墓じまいではなく、墓守という言葉を、父は使った。

どういうことかと訊くのもためらわれるので、正美は口ごもってしまう。

去年、母が亡くなってすぐに、父は赤石家の墓碑を変えた。『赤石家先祖代々之墓』を、最近の流行らしい『和』にしてしまったのである。『和』とか『絆（きずな）』とか、結婚して姓が変わった娘一家など、別の名前の人でも同じ墓に入ることができるというスグレモノらしい。

（うちの場合、なんのためのスグレモノよ？）

父は、正美がこの先、他家に嫁ぐとでも考えたのだろうか。中高年の再婚というのは珍しい話ではなくとも、正美にはそんなつもりはなかったし、おっぱいを片方なくした今となっては、ますますご縁など遠ざかったろう。今は、大病に遭遇して、早めに墓じまいをしておこうなどと考えているくらいなのだから。

父がいう対策が、『和』印の墓石のことなのだとしたら、大いに不可解だ。父はやはり、耄碌してしまったのだろうか。恐怖の大王みたいな父を、幼いころから好きだと思ったことは一度もないが、彼がお山の大将であったのは確かだ。それが、老いて頼りなくなるという事実は、これまで考えたこともなかった。

言葉を失う正美に冷たい一瞥（いちべつ）をくれ、父は腕組みをして「そんなことより」といった。

「そんなことより、乳がんというのは、重い物を持ってはいけないそうだな」

「はあ。そんな感じですけど」

虚をつかれて、正美は間の抜けた返事をする。

「古本屋は、肉体労働だと聞いたが？」

もう一度、ジロリと睨まれる。

「ま、まあ。そんな感じですね」

力仕事厳禁については、ヒロコさんと問題意識を共有したばかりだが、正美の生業などに興味もないであろう父が、そんなことをいい出したのは意外であった。この人は、やはり正美の心配をしているのだろうか？

（いやいや、そんなわけない）

正美が身構えると、父はまた思ってもみなかったことをいいだした。

「アルバイトを雇いなさい」

正美は今度こそ面食らう。慢性的な経営難の中、従業員を新たに雇い入れるのは、進んで飛びつきたくなるような提案ではない。しかし、そういう意識でいるからこそ、アルバイトの雇用という発想自体がなかった。正美が重たい物を持てないのは一過性ではなく恒久的な課題である。しかし、退院した直後だけでも、負担が軽くなるのは一考に値する。

「明日、杉田昴くんという青年を、そっちの店に行かせる。時間は、十時でいいな」

「え？」

父はいらいらと繰り返す。

「杉田昴くんを面接に向かわせるから、雇えといってるんだ」

「え？　ちょっと、待ってよ……」

指定の人物を雇えと？　これは、命令なのか？

(冗談じゃないわよ)

時書房は、正美の聖域である。こんな恐怖の大王に、人事権を乗っ取られてたまるものか。雇いたいなら、おとうさんが雇えばいいじゃない。

さすがに、そういいかけた。しかし、待合室がにわかに賑やかになる。大声で泣く子どもの声がして、母親らしい人が、おろおろとなだめている。看護師がカルテを運んで来た。

父は冷たい目で正美を見て、手振りで出て行くように示した。それがあまりに堂に入って冷酷な感じだったので、逆らうのは不可能だった。それに、苦痛を訴えて泣いている子どもを待たせてまで、父と議論するべきではない。――そもそも、父と議論するなどできることではない。

3 昴くん

父に雇えといわれた杉田昴という人物には、会う前から反感を持ってしまった。面接に来たって、不採用にするまでだと決めた。通勤用の小さなリュックを背負い、自分で編んだ手袋をして自転車にまたがると、そんな面倒ごとも、すっと遠ざかる。日常がもどってきたのだ。

時書房は、阿佐谷の小規模な商店街の場末にある。中央線沿線というのは、古書の商いに向いていると、老舗古書店主の書いた本で読んだことがある。その理由についても書いてあったが、忘れてしまった。

実家——赤石小児科医院は中野にあるが、近所で店を持つつもりは当初からなかった。しかし、結局のところ隣の杉並区にとどまったのは、度胸のなさゆえのことかもしれない。

住まいと店とは、自転車で十分ほど離れている。帰り道に食材の買い物をするには、ちょうど良い距離だ。仕事でクルマを走らせることはあるものの、正美の生活圏はまことに狭い。狭いことに、何の問題も覚えない。もしも食い扶持を稼ぐ必要がないなら、永久に自宅に居続けてもいい。一日中好きな本を読んでいられたら、どんなに幸せかと思ってきた。

しかし、それはまちがいだったようだ。その証拠に、時書房に向かって自転車を走らせたとたん、勤労意欲が復活した。

結婚する前、数ヵ月だけ会社員として働いて、こいつはどうも性に合わないと思った。人間関係にも業務内容にも不満はなかったものの、給料のほかに興味がわかず、これを延々と続けるのは、少なくとも自分には苦行だと感じた。『人はパンのみにて生くるものにあらず』と、日々念仏のように唱え、達也が寿退社に賛成してくれたときは、ほとんど反射的に退職願を書いた。

――まあ、そんなもんよ。

ヒロコさんは、そういう。人はパンのためのみに生きるわけではないという意味なのか、会社員が給料のほかに興味がわかないのは普通だという意味なのか、ヒロコさん自身が新聞社を辞めたのもそんなもんだったのか。遠慮したわけでもないが、深く訊いたことはない。

自転車から降りて歩道に引っ張り上げると、軒下に停めた。風景写真などによくあるように、店舗の前に正美の自転車を横付けすることで、時書房のたたずまいは完成する。この通勤用自転車の有無を見て、正美に会いに来てくれるお客が居るのも嬉しいことだ。

古ぼけたガラス戸を引くと、ヒロコさんがこちらを見て笑った。

「本当に来たわよ、この人。休んでなさいっていったのに」

「ええと。今日、ちょっとありまして」

正美は弁解がましくいった。父が面接の日取りまで決めていたことに対して、改めて腹が立った。他人のヒロコさんが休めといってくれているのに、父親にはそんな気持ちはなっからないということである。

「どうしたの？ 怖い顔して」

「あ？ いやいや」

「おとうさんのことでも、考えてたんでしょ」

「え？ いやいや」

「今、あんたの噂をしていたんだよ」

そういったのは、商店会の会長だ。手に持った紙筒を広げてみせた。プライベートな憤慨を押しやって、正美は会長の手元を覗き込んだ。

「これ、いつものように、店に貼ってもらえないかな」

光沢のある大振りな紙に印刷されたポスターである。稚拙で愛嬌と味のある水彩の絵に『餅つき大会』とPOP体の文字で記されていた。会長は近くの小学校に伝手があるらしく、児童たちの図工の授業で商店街のイベントの絵を描いてもらい、その中から選ばれた一枚を、ポスターやフラッグに加工して大々的に貼り出したり、街灯に飾り付けたりする。

今回のポスターは、低学年らしい筆致のもちつきの絵だった。

（子どもには、世界がこう見えてるんだな）

三角形の上体に、にょきにょき手足が生えた人物たちが、集って笑って餅をついている。青い服を着たおとうさん、赤い服を着たおかあさん、ピンクのワンピースの妹、緑の運動着のぼく、お餅はオーブみたいに空を飛び交っている。太陽が、オレンジ色の光の線を八方に放射している。犬とおぼしき茶色い生き物が、飛び跳ねている。なんて、愛しい絵だ。――眺めているうちに、不意に目頭が熱くなった。

（マズイ）

したくもない咳などして指で目を拭いた。まるで孫の描いた絵を見せられた祖母みたいな心境である。

「子どもって、いいですよねえ」

しみじみいうと、ヒロコさんが大仰に目を丸くする。

「店長って、子どもの天敵だと思ってたけど」

「それは心外だなあ」

確かに正美は、漫画本を立ち読みする子どもを叱って店から追い出すし、万引きした子どもは容赦なく警察に突き出す。保護者が逆ギレして怒鳴り込んで来ても、必ず返り討ちにしてしまうのである。おかげで、悪童たちは時書房に寄り付かなくなった。

あたし、子どもは好きですよ。

そういおうとしたら、電話が鳴った。反射的に身構えたが、父からの着信音ではないから、幾分ホッとして耳に当てた。すぐに、兄の声が聞こえたので、正美は再び警戒する。兄から連絡が来るなど、初めてのことだったのだ。

——もしもし、正美？　おれおれ。

兄はオレオレ詐欺みたいないい方をした。兄の後ろから、兄嫁の声がする。何をいっているのかは聞き取れないが、何やら尻を叩いている様子が伝わってきた。それというのも、兄は用件をいい出すでもなく、時候の挨拶めいたことをしゃべり続けるのだ。

——やっぱさあ、年賀状は手書きがいいと思うわけよ。パソコンの文字で、あけましておめでとうとかいわれても、ちょっと白けるというか。

「おにいちゃん、年賀状がほしいわけ？」

——あ、いやいや。日本酒は寒くても、やっぱ、ぬる燗が最高だとおれは思うわけよ。

　正美もいらいらして、それとわかるため息を通話口に吹きかけてから、思い出したようにいった。

「ちょうど良かった。あたしも、連絡しようと思ってたのよ。うちのお墓なんだけど、墓じまいをしようと思ったんだよね」

　──はあ？　なんだよ、そんなこと。

　兄は、呆れたような声を出した。少なくとも、ぬる燗云々とはちがい、ようやく兄の本性が感じられる。

　──死んだ連中のことなんか、どうだっていいだろう。おまえは、そんなつまらないことを考えている暇があるわけだ、余裕だねえ。

　兄は感じ悪くいった。

　──あなた、早く。

　後ろに居る兄嫁の声が今度ははっきり聞こえ、兄は咳払いをした。

　──正美さ、少しでいいんだけど、支援してもらえないかな？

「は？　何の話？　支援って、お金貸せってこと？」

　兄がなかなかいいだせずにいた用件とは、借金の申し入れだった。

「無理だよ。うちも、ギリギリだから。がんになって、お金かかったし」

――おまえ、がんなの？　じゃあ、保険金が入るだろう！

嬉しさを隠そうともしないので、正美は呆れた。妹ががんになったと聞いて、第一声が「保険金」とは、不人情にもほどがある。正美の沈黙に、さすがに拒否の気配を読んだらしく、兄は哀れっぽい声で続ける。

――じゃあさ、ちょっと、連帯保証人に名前を貸してもらえないかなあ。

「借金の？」

問い返す声が、無意識に冷ややかになった。保険金といわれた時点で、頭に来ているのだ。だれが保証人になどなるかってなもんである。

「お断りします。そういうことなら、もう連絡よこさないで」

――正美ぃ。

「おとうさんに頼んであげようか。おにいちゃんが、お金を貸してくれって……」

――やめろ！

慌てる兄の声の後ろから、兄嫁がヒステリックに文句をいっている。……何がなんでも、借りるっていうのよ。がん保険なら、たんまり入ったでしょうが。

「悪いけど！」

兄の向こうに居る兄嫁にも聞こえるほど、正美は怖い声を出した。

「がん保険には、入ってませんから。逆に、こっちが支援してもらいたいわ」

──は？　おまえを支援？　バカいうな。古本屋なんて、遊び半分の商売なんかしているから、自業自得だ。

用は足りなかったが、正美が裕福ではないと知って兄は元気を取り戻した。正美は腹が立つのを通り越し、情けなくなり、それも通り越し、結局は一回りして怒り出した。

「やっぱり、おとうさんにいってやる！」

子どもみたいなことをいうと、兄は唐突に通話を切った。正美は怒りのやり場を失くし、殺気立った視線を刃のように振り回した。商店会会長は電話の途中で退散していて、ヒロコさんは涼しい顔をして、餅つき大会のポスターを入口のガラスに貼っていた。その向こうから、戸を開けて、若い男が入ってくる。

「…………？」

ラグビー選手を思わせる立派な体格の若者だった。

「あの……ごめんください……」

若者は本を選ぶのではなく、正美の方に歩いて来ると、背負った大きいリュックの肩ベルトに両手をあてがった。いかにも、肩身が狭いです……というような仕草である。その声はとても爽やかだが、蚊が鳴くほどに引っ込み思案に聞こえた。実際、極端にもじもじしておずおずしている。

（ああ）

正美はピンときた。エロ本のたぐいを売りに来たのだが、若さゆえにそれが恥ずかしくて、用件を切り出せずに居るのだろう。あたしはそりゃ若くは見えるけど、実年齢は立派におばちゃんなんだから、そんなことで白い目で見るなんて心の狭いことはしないわよ。でもね——。

「うちは、エロ本の買い取りはしてないのよ」

若者は慌ててかぶりを振り、懸命に言葉を絞り出した。

「あの、今日、こちらで面接をやらせていただけることになっておった杉田といいます」

敬語が変てこだった。

正美は自分の早合点に気付き、父に命じられていた採用面接のことを思い出す。父が紹介するのだから、もっと陰険で居丈高な人物を想像していた。目の前に現れた杉田昴という男は、なるほど力仕事にはうってつけの体格を持ちつつも、かつて見たこともないほど謙虚で気が弱そうに見えた。

「面接？」

ヒロコさんが興味津々の様子で目を輝かせるので、正美は父にいわれたことを掻い摘んで説明した。父の人となりを聞き知っているヒロコさんは、顚末の全てを了解したらしく、ニヤニヤする。

「じゃあ、こっちに来てくれる？」

帳場の後ろのうす暗いスペースにパイプ椅子を出し、手招きをした。昴は大きな背中を縮こまらせて、椅子に落ち着いた。陰険で居丈高な野郎なら、遠慮なく不採用をいい渡してやろうと思っていたから、いささか困った。こんなに低姿勢の若者を追い返すなど、まるで弱い者いじめのようではないか。

「こちらで働きたいと？」

正美は、どういって断ろうかと思案しつつ、それでも形ばかりは話を聞く態度をとった。

「履歴書とか、持って来たかな？」

何気なく訊いたつもりが、昴は絶望の淵に落とされたような顔になる。つまり、持って来ていないということか。相手のあまりに打ちひしがれた反応に、正美も慌てた。

「いいの、いいの。大丈夫、大丈夫。お話を聞けば済むことだもの」

どうせ不採用をいい渡すのだから、もったいぶらないに越したことはない。

「はい」

昴は正美に視線を合わせ、目を伏せ、視線を合わせ……を繰り返し、要領を得ない調子で話し出した。途中、ヒロコさんがコーヒーを運んで来た。正美もヒロコさんもコーヒー党ではないから、普段からあまり美味しい代物は用意していない。昴は小さなカップに角砂糖を四個と粉末のクリームをたっぷり入れて、淑やかに飲んだ。緊張しきった顔が、その甘ったるい液体を飲み下すときだけは、わずかに幸せそうに見えた。

「年齢は二十五歳です。今はフリーターというか――」

正確にいうと、杉田昴はひきこもりだった。

「高校でいじめに遭って、それで学校を辞めて――」

今日まで自宅に閉じこもってきた。だから職歴はない。アルバイトの経験もないから、フリーターではない。それでも、こうして面接に来たからには勤労意欲はあるのだろう。

「いや、そういうのは、ちょっと……」

昴があっさりとやる気を否定したので、正美は呆れた。父はなんだって、こんな人をよこしたのか。働く気がない人を採用せよとは、無茶苦茶ではないか。

「志望動機は、本が好きだから？」

「それも……ちょっと……」

働く意欲もなく、本好きでもないのに、この子は何をしに来たのだ？　いや、と正美はわれに返る。不採用と決めているのだ。何も頭に血をのぼらせる必要はない。

電話が鳴って、ヒロコさんがすかさず受話器を取り上げた。しばらく小声で話すのを、うかがっていたが、ヒロコさんがこちらを向いたので、すぐに立ち上がった。実のところ、この果てしなくネガティブな若者との会話に、うんざりしていたのだ。

「店長、お願い」

「はいはい」

差し出された子機を、正美はそそくさと受け取った。

電話をよこしたのは、開業当時からの常連だった。その人の知り合いが引っ越しのため、蔵書を処分することになった。ついては、その整理を頼みたい。

――悪いんだけどさ、すぐに行ってくれないかな。高畑さん、古紙回収業者に出してしまうっていうんだよ。ずいぶんと値打ちものもあるらしいから、もったいないじゃない。

古書店の仕事が、本を売るよりも買うことだというと、意外な顔をされる。買ってばかりいたら、お金が出て行くだけでしょう、と。それももっともだが、売るものがないのでは、商売にならない。古書店の商いは、当然のことながら、店先で中古の本を安価に販売するばかりではないのである。

古書店主は偏屈者が多いから、ベストセラー本は相手にしない。よく売れたタレント本を店に並べるときは、こっそり悪態をつく。正美も、似たようなものである。

古書の値段というのはこれも骨董の一種で、相場があるようで、ない。掘り出し物を入手できれば、いつかは必ずいい儲けになる。良い本を扱うことは、古書店としての矜持なのだ。リサイクルされトイレットペーパーに化けてしまうなど、決して見過ごせない本にこそ、古書店主も古書愛好家も情熱をそそぐ。そして今、東京のどこかで、まさに価値ある本がトイレットペーパーにされつつある。救えるのは、正美だけなのだ。

(でも、蔵書の整理は力仕事なんだよなあ)

——で、悪いんだけどさあ、高畑さんの自宅は、青梅市の市営住宅で。建物が古くて、エレベーターがないんだってさあ。

えー、である。階段を使って、古書の束を運び降ろせというのか。

(無理。絶対無理)

乳がん手術でリンパ節を取り除いた場合、重たいものを持つなどして負荷がかかると、リンパ浮腫というトラブルが発生する。浮腫というくらいだから、腕や脚が浮腫むのだ。腕や脚の太さが数倍になったり、それが死ぬまで治らなかったりするそうだ。

もしかし、本を見殺しにするのは、罪悪感がある。蔵書整理のチャンスを逃すなんて、もったいないにもほどがある。加えて、わざわざ情報をくれたこの常連に、申し訳ない。

（うう……）

お金、健康、義理、安全、義務、怠慢――。

二律背反のはざまで視線を泳がせていたら、目の前に昴が居ることを思い出した。父が力仕事のために雇えといって送り込んで来た、逞しい体格の若者が。

「わかりました。これから向かいます」

高畑さんという蔵書家の住所を書きとめて通話を切ると、昴の顔を見てニタリと笑った。それが儲け話を前にした商売人のあざとい笑顔だったので、昴は戸惑う。

「昴くん、行こうか」

「え？」

ヒロコさんが、ハタキを動かしながら、満足そうに『涙くんさよなら』の鼻歌を歌った。

＊

店の軽ワゴン車の助手席に、昴を乗せて青梅市に向かった。

目的地に着くまで、この気弱そうな若者と、あの父とのかかわりについて訊いた。とはいっても、昴はまだ人見知りの呪縛が解けず、口を開かせるのには熟練の話術を要した。熟練の話術とは、つまり知りたがり屋の年増女の質問攻めである。

それによると、父は昴が赤ん坊のころからの主治医だった。自己主張の少ない昴は、父のお気に入りだったらしい。長じて逞しい若者となった昴だが、性格は気弱なままで、それでいじめの標的にされた。

もっとも、幼稚園生のころから、いじめは常に昴を苛んだ。小学校、中学校、高校……年齢を増すにつれていじめっ子たちはえげつなくなり、せっかく合格した高校には一年の一学期までしか通えなかった。もう、クラスメートが——人間が——社会が怖くて、家から出られなくなってしまったのだ。

(高校生になっても、いじめなんかするのか)

正美は、思わず眉をひそめた。それから、ちらりと横目で助手席を見て、こっそりとため息をつく。こんなにおどおどしていたのでは、いじめてくれといっているようなものだ。加えて、こんなに強そうな外見をしていたら、いじめっ子の罪悪感もうすれるのかもしれない……そんなことでいじめていい理由になどならないが。

いじめのことに話が及ぶと、昴は大きな肩を落として、しょんぼりした。それがいかにもつらそうだったので、正美は慌てて話題を変えた。

「ご家族は？」

「父と祖母と、三人暮らしです」

母親は、昴が五年生のときに病死した。祖母はもう八十一歳なので、家に居る。父親も六月にリストラに遭い、家に居る。昴が九年の引きこもりを経て、働こうと思い立ったのは、一家の収入がなくなってしまったからである。それに、狭い住まいに、大人三人がぎゅうぎゅうと常駐しているのは、ストレスのたまることでもあった。

「ごめん。うち、給料が少ないけど」

不採用にするつもりだったのに、いつの間にか給料の話になっている。正美の心づもりを昴も察していたのか、意外そうな、しかしとても嬉しそうな顔をした。

「給料なんて、くれる分でいいんです」

「うん？」

ヒロコさんも採用されたときに同じことをいっていた。給料なんて、そんなもん、店長がくれたい分だけでいいのよう。新聞社勤めのころのたくわえが、かなりあるらしい。それと同じ言葉を聞かされて、正美は経営者の立場としてだが、ともかく感動した。

（そういってもらうと、ほんと助かるなあ）

「ぼくなんか、半人前以下ですから。給料のこととか、主張する権利ないです」

初めて明朗なフレーズが出たが、それはひどく自虐的なものだった。それで、今度は正美が、おたおたした。

「いやいや、そんな」

「先生が、リハビリのつもりでいいといってくれたんです」

「あら、まあ」

父め、自分の商売でもないのに、勝手なことをいってくれる。

「店長さんは、先生の娘なんですよ……ね？」

「まあ、そうだけど」

「先生は、『娘は病気で重いものが持てないから、よろしく頼む』って」

「へえ」

父は、やはり正美を案じているのか？

辿り着いた高畑さんの住まいは、五階建ての古い団地の最上階だった。懐かしくもつつましいたたずまいを見上げ、昴は「うちの団地にそっくりです」といった。

このところ運動らしい運動などしていなかったので、階段を上るだけでも足が重たくなった。つくづく、昴が居てくれて救われたというものだ。

五階に住むお客の高畑さんは、高齢で長身の男性だった。

特別に優しそうでもないが、気難し屋というのでもない。息子夫婦と暮らすことになり、引っ越すのだという。やっかいになる身で蔵書をどかどかと持ち込むのも気が引けるので、思い切って処分することにした。

「あの世にまで、持って行けるわけじゃないですから」

高畑さんは、そんなことを玄関先で説明した。引っ越しの荷物は段ボール箱に納められ、正美たちに託すつもりのめぼしい本も、玄関に運んでくれていた。古書店の利用に慣れた人のようだった。

本の買取価格を決めるのは、こちらの技量を試されるシーンである。古書と古本というのは違う。骨董的な価値の違いであり、概念的な違いであり、価格の違いである。高畑さんは、価値ある古書をたくさん持っていた。正美は嬉々として値段をつけ、高畑さんはそれを喜んだ。

「こちらで、お茶でもどうぞ」

そういって招かれた畳敷きの居間は、広くはなかった。妻と暮らしていたという高畑さんにとっては充分だとしても、同じような間取りに朝から晩まで親子三代が居続ける昴の家族には、確かに息がつまる環境だろう。

昴は時書房のインスタントコーヒーでも嬉しそうに飲んでいたが、高畑家で出されたお茶とどら焼きには、もっと喜んだ。そしてお茶をこぼし、高畑さんが読みかけにしてそこに置いていた古い単行本を、ずぶ濡れにした。

「昴くん！　気をつけなさい！」

正美が思わず高い声を出すと、昴はものの見事に小さくなり、高畑さんはその様子を見て慌てて昴をかばった。

「そんなに叱るもんじゃない。どうせ、これは、古紙の業者に出すつもりだったから」

「あの——あの——。だったら、ぼく、この本をもらってもいいですか」

「バカね。本屋なら買い取るっていいなさい」

正美は同じ勢いで怒り、高畑さんは本を拭くと昴の胸に押し付けた。

「こんなので良いなら、持っておいで。これは、若気の至りで自費出版した小説でね」

そんなことをいい出すものだから、正美も興味津々という顔付きで本を覗き込んだ。

高畑さんは大いに照れて、文学青年だったむかしのことなど話す。会社員をしながら小説を書き続け、一冊でいいから自分の本を世に出したいと願った。

「本屋にはあんなにたくさんの本があるのに、ぼくの本は一冊もないなんて、口惜しいと思うでしょう？」

「ええと——」

「でも、普通かも？」

正美たちは小声でいい合って目を見合わせるが、高畑さんには聞こえなかったようだ。視線を浮かせて、過ぎ去った時間を見ている。

「それで、定期預金を解約して自費出版をしたんだけど、家内がめっぽう怒りましてね」

「ああ、それは仕方ないかな」

正美が愛想笑いとともに指摘しても、やっぱり高畑さんには聞こえていない。

「妻に置いて行かれるとは、思ってもいませんでした。あれは、若いころから、とても元気な人でしたから」

高畑さんは微笑したまま、息子夫婦との新生活の不安を語り、息子たちはもっと不安だろうといった。いや、不満だろう、と。

「生きているのが、つらい日が来るなんて、なあ」

その詠嘆は、言葉の重さに反してひどくあっけらかんと響いた。正美はフォローする言葉が出てこない。仕方なく、昴と顔を見合わせた。昴も困っていた。

「むかしの人は、罪なことをしたもんだと思いませんか？」

「え？」

「嫁は、さんざん自分をいびってきた舅姑の介護をするのが、普通のことだったたんですから。家内は、そのことで大変に苦労したんですよ」

高畑さんは、奥さんにお礼もねぎらいの言葉も掛けたことがなかった。看取りのときですら、照れくさくていえなかった。いや、そんなことをいわれたら、奥さんだって自分が死ぬという修羅場なのに、困るかもしれない。ありがとう。ごめんなさい。言葉がのどにひっかかっている間に、奥さんは遠くにいってしまった。

「家内は、自分のした苦労は息子の嫁にはさせたくないってのが、口癖でね。自分は何もしてやれなかったんだから、老後に世話になるのはいやだっていうんですよ」

高畑さんは、返答ができずにいる正美たちを見てから、無理矢理らしく微笑んだ。

「でも、亭主を置いて先に死ぬのは、ひどいよね」

正美は、父のことを考える。昨年、母に先立たれた父も、同じように思っているのだろうか。昴は神妙にしていた。彼が母親を亡くし父子家庭で育ったのを、正美は思い出した。

「後に残ってしまったら、どうしても若い連中に世話をかけてしまうでしょう。あのね、ぼくはこういうの聞いていると、腹が立つんです。――むかしみたいに、家族の絆を取り戻そう――とかいうやつね。あんなの、きれいごとだ。頭の中だけのことだから、いえるんですよ。いざ自分の身に降りかかってみなさい。家族の絆を憲法みたいに振りかざして、おれを大事にしろなんて、いえるもんじゃない」

元より天涯孤独となり、一人で死ぬ覚悟はある。だから、正美は頭のどこかで、他人事として聞いていた。それでも、老いることの嘆きは正美の心に重い印を付けた。

「でも、ぼくは息子夫婦の世話になるために、引っ越すんです。だって、ここに居て一人で死んだら、それはそれで迷惑を掛けるでしょう」

高畑さんは、お茶のかかった自分の本を、改めて昴の胸に押し付けた。

「時代が変わることは、悪いことじゃないよ。ならば、もっと徹底的に変わってしまったら、どうだろうな。縁なんてものは、とことんなくなってしまったら、どうだろうね」

奥さんも罪なことをと、正美は思った。

若い者の世話になりたくないという妻の主張は、すっかり高畑さんの心に浸透しているのに、ひとりぼっちの高畑さんは若い者の世話になる以外ないのだ。一人暮らしが長い正美だが、高畑さんの現実をわが身に置き換えてみる。仮に自分に子どもが居たとして、老いた後に世話になりたいか。――なりたくない。毎日、気をつかって過ごすなんて、まっぴらごめん。

正美は空咳をして、頭を動かして視線を天井に遊ばせてから、ぱっと目を見開いた。針の先ほどの小さな穴だが、高畑さんにとっての突破口を、見つけたように思ったのである。

おもむろに立ち上がると、目をぱちくりさせる二人を置いて玄関先にもどった。束にして縛ってしまったテープを切って、下から三番目に積んであった文庫本を取り出す。

「あたしも、絆とかって苦手なんですが」

抜き出した一冊を高畑さんに返すことにした。

「これは、あたしからお嫁さんにプレゼントです」

本はエリザベス・テイラーの『クレアモントホテル』である。――念のため……この作家は、ハリウッド女優のエリザベス・テイラーとは別人だ。

高畑さんは本を受け取り、真顔で古ぼけたカバーを見る。そして、にっこりした。

「ああ、ありがとう」

魔法使いじゃないのだから、問題の解決なんて、おいそれと出来るわけがないのだ。それでも、本というのはビタミン剤みたいに、少しは効く。

＊

平テープの束を十七と、段ボール箱を九個、昴が階段を往復して運んだ。冬とはいえ、汗だくである。それでも、正美が持とうとすると、強硬にとめた。

「駄目です。先生には、くれぐれも重たいものを持たせるなといわれてますから」

店に現れて以来、もじもじしていないのは初めてだ。

（ふうん）

あの父なりに、くれぐれもといったわけか。

（ふうん、ふうん、ふうん）

少し嬉(うれ)しかったのだが、それを認めるのは癪(しゃく)なので、正美は反抗期の子どもみたいに膨れっつらなどした。昴は重労働のためにそんな正美を見てもくれなかったし、高畑さんは体格の良い昴の役割を初手から察していて、がんの術後だなんて知らなくても、正美が荷物を持とうとすると、その都度とめた。

ようやく降ろし終えた本を車内に積むのも、昴が一人でやりおおせた。そのことが、かえって良かったらしい。本で重たくなった軽ワゴンが、えっちらおっちらと走る助手席で、昴はずいぶんと自信をつけた様子で訊(き)いてきた。

「あの本、どういう話なんですか？」

「『クレアモントホテル』のこと？」

「はい」

「老婦人が転ぶのよ。一回転んで始まって、もう一回転んで終わる」

身もふたもない説明だ。

「は？」

昴は、きょとんとした。

普段から、本のあらすじを語ることはしない。本をあらすじになど変換するべきではないと思っているからだ。あらすじの説明をもとめられれば、遠慮なく「買って読んでください」といっている。店になければ「探して読んでください」という。

「映画にもなってるわよ」

「へえ。観てみようかな」

本気でそう思ったのかは正美にはわからなかったが、この不器用そうな若者に社交辞令がいえるのなら、頼もしく思ってやるべきなのかもしれない。

「ねえ。ちょっと、寄り道していい？」

行き先が青梅市と聞いたときから、頭に浮かんでいたことだ。武蔵野市にある、白楽寺という浄土宗の寺に向かう。赤石家の墓がある寺だ。

幹線道路から住宅街に入り、カーナビを見つつも道に迷った。昴が目印の銭湯を見つけてくれて、ようやく行きついた。銭湯には今年の十月に廃業したと貼り紙がしてあった。

（ご先祖さまたち、おひさしぶりですね）

大人たちに連れられて、お盆や彼岸に墓参していたころは、自分が墓守になるなど考えもしなかった。

中野で内科医を開業したのも、この寺に墓を買ったのも、曾祖父である。鳥取から出てきて東京の大学で学んだ曾祖父は、当時まだわびしい場末の街でささやかな診療所を始め、さらにがらんどうに近かった田舎の寺に、自分たちと子孫のための墓を建てた。よもや見も知らぬ曾孫に、せっかくの墓を厄介もの扱いされるとは思ってもみなかったろう。

（どうも、すいませんね）

皮肉のひとつも、いいたくなる。始めることは楽しくても、終わらせるのは気が重いばかりなのだ。父も祖父も一人っ子で、そのときから墓じまいの予兆はあったではないか。

ともあれ、子ども時代の正美は、この寺に来るのが好きだった。お世辞にも円満といえるような家庭ではなかったため、日帰りの家族旅行にすら連れて行ってもらった記憶はない。宵宮（よいみや）や縁日だって、赤石家よりずっと多忙な幼なじみの両親が、正美を同行させてくれたものだ。

だから、家族で出掛ける墓参りが嬉しかったのだろうか。先祖の存在を感じるのが好きだったのか。先祖の生きた時代に思いを馳（は）せるのが、楽しかったのか。お寺のたたずまいが、好きだったのか。——いずれでもある。

その墓参りに、正美は終止符を打つべく、心を決めたわけだ。

罪悪感を覚えること自体が理不尽だと思うのだが、それでも墓を前にして改めて眺めると、じわりと気後れの念がわいた。いつも持ち歩いている小振りな水筒を出して、墓石に掛けた。レモン水だが、勘弁してもらおう。花はないから、それも勘弁してもらおう。

「お墓、いいですね」

何かいわなくてはならないと思ったらしく、昴が小さい声でいった。正美は八つ当たり気味に何も答えなかったので、昴が気配だけで怯えた。大きな背をかがめて、意外なくらいしっかりと手を合わせている。

（よその墓なんだから、通路で待っていてくれていいのに）

和と彫られた真新しい灰色の御影石から、レモン水がしたたる。

会ったことのない曾祖父母が、泣いているように見えた。この墓を撤去して、更地にしてしまう、お寺とも縁を切ってしまうという、極悪非道の曾孫。そう思ったら、音を立てるようにして気が滅入ってきた。ヒロコさんにいわれたとおり、今のタイミングで墓じまいのことを考えるのは負荷が大きすぎるのか。

（でも、今のタイミングじゃなきゃ、決められなかったわよ）

思い立ったら、前進あるのみ。問題の先送りというのは、正美の性に合わないのだ。

4　泣ける

仕事帰り、スーパーに寄った。

昨日も食料品の買い出しをしたが、留守の後なので冷蔵庫はまだすかすかである。野菜を買って、食パンを買って、豚肉を買って、お菓子も買って。重たい物を持つなといわれても、味噌（みそ）と牛乳も買った。これが、十二分に重たいのだ。

手術の後遺症であるリンパ浮腫（ふしゅ）になって、それが一生続くなんて、考えただけでもゾッとする。力仕事のほかにも、怪我による感染もいけない。日焼けもいけない。肥満もいけない。締め付けるのもいけない。そんなの気にしていられるかと思う端から、不安になる。

おっかなびっくり、エコバッグを自転車のカゴに積んだとき、メールの着信音がした。普段ならば自宅に着くまで開かないのに、リュックを降ろしてポケットをまさぐった。いつものことで、なぜかスマホは一番奥に押しやられている。

（ん？）

差出人の名前に憶えがなくて、眉根をよせた。そしたら、やっと思い出した。大学時代の友人である。つまり、二十年近く音信不通だった相手だ。ザラリと、気持ちのどこかでいやな感触を覚えた。それが、胸騒ぎというものだったと、本文を読んでようやくわかった。

――クマ子が亡くなりました。お葬式に行くなら、ご一緒しませんか？

文末に、泣き顔の顔文字がついていた。

正美はスマホを持ち上げた格好のままで、しばらく身じろぎを忘れていたらしい。となりの駐輪スペースに自転車を置いた主婦に、声を掛けられ、怪訝な顔をされた。

「す、いません」

そそくさとその場から離れて、再び画面を見つめた。元よりせっかちなところがある正美だが、そのときは思案とかせっかちとは別の次元で、すぐに返事を送った。

――行きます。日時と場所を教えてください。どうして亡くなったのか、知ってる？

クマ子は、本名を田浦久美子という。結婚したから、今は大沢久美子だ。別に熊みたいに大柄だったわけではない。メアドのアカウントが「kumako」だった。「kumiko」にしようとしてまちがったのだそうだ。そのまま変更もせずに使ってしまう大雑把な人で、ときとしてデリカシーのなさに周囲を苛立たせるが、基本的にはおおらかなので皆に好かれた。正美は、お昼をよくいっしょに食べていた。映画にも、買い物にも、コンサートにも、誘い合ってよく出掛けた。たぶん、親友だった。
いつも当然のようにそばに居て、何をするのも一緒だったクマ子と、仲たがいしたわけでもなく離れたのは、どうしてだったのだろう。お互いの結婚式には行った。してみれば、そのへんを境に、会わなくなった気がする。結婚して正美は不機嫌になったし、クマ子はいっそう明るくなったが、そんな感じで共にキャラクターが変わった。クマ子は本にも、映画にも、音楽にも興味を失くして、ひたすら結婚相手のことだけを話すようになった。

クマ子の旦那は、大学の同期だ。どこやら、モスラの幼虫に似ていて、少しもかっこよくない。クマ子自身はアイドル並みの美女で、あまり釣り合わない夫婦だった。それなのに、クマ子は旦那を褒めて惚気て崇拝した。それが正美には、度を越しているように思え、聞くたびに白けた。

一方、正美もあのころはともすれば結婚相手のことばかり口をついて出たのだけど、それはおおむね愚痴に終始した。……なにしろ、相性の悪い結婚だったから。

この人、つまんなくなった。

お互いに、そう思った。おそらく、クマ子の方が強くそう思っただろう。夫の愚痴ばかりいう女なんて、ずいぶんと不愉快だったにちがいない。

それで、どちらからともなく遠ざかった。喧嘩別れする可能性もあったのだが、互いに空気を読んで会わなくなった。そして、自然に忘れた。意識の隅には、学生時代の幸せな記憶がある。やがて正美は独身にもどり、クマ子も主婦として年月を重ねたから、また会えると思っていた。若い頃のようにはいかなくても、友好的な関係はいつでも再開できると思っていた。

(てか……。死ぬなんて、だれも思わないじゃないのよ)

自分だって死ぬかと思ったりしたことを棚に上げて、正美は憤慨した。憤慨は強がりだった。喪失感で、胸の奥が黒く重たくなってゆく気がした。風が首筋を撫でて行く。震えそうに寒いことに気付いて、ようやく自転車のサドルにまたがった。漕ぎ出そうとしたとき、またメールの着信音がした。

――乳がんだったそうです。

さっきの友人からだった。

*

クマ子には、高校生の娘と、中学生の息子が居た。

祭壇の高いところに飾られた写真は、正美と疎遠になったころと同じく、家庭的な顔つきで笑っていた。昨夜はまだ少し、そんなクマ子に反撥が残っていたが、遺された子どもたちが泣く様子を見て、正美は自分を恥じた。クマ子は妻であり母親であることを優先させ、クマ子自身それで満足だった。生物としてすごく正常。なんか文句あるか、あたし。

旦那と子供たちに挨拶（あいさつ）をする段になり、どういっていいのかわからず「このたびは、ご愁傷さまでした」と、口の中でぼそぼそつぶやいた。そんな常套句（じょうとうく）しかいえなくて、本当に悲しんでいる父子に喧嘩を売っているような気がした。

クマ子の旦那は、相変わらず太ってなで肩で、加齢のために少し頭髪がうすくなっていた。それで、むかしよりも、もっとモスラの幼虫に似ていた。子供たちは、父親似だった。

きれいなおかあさんを亡くした三人は、そっくりな小さい目にたまった涙を、ときおり耐えられなくなってハンカチでぬぐう。高校生の娘が使っているのは、ピンクのタオル製だった。それでいいんだ。お葬式用の白いヤツなんか、大量の涙の前には無力だ。だって、クマ子はもういなくなってしまったのだから。

そう思ったとたん、予期しなかったことに、正美の目から涙が噴き出した。本当に、漫画みたいに、とめどなく涙が出た。たった今思ったように、お葬式用の白いハンカチはすぐにべとべとになった。それで両手で顔をおおっていたら、同行した友人が肩を抱いてくれた。モスラみたいなクマ子の旦那が、こちらを見て、同じように泣き出した。

＊

泣くということは、思いのほか、エネルギーを使うらしい。

帰宅して、夕飯と片付けと入浴までは、それでも気が張っていたのだ。自由時間の定位置、二枚重ねの座布団に腰を下ろし、座椅子代わりにベッドに寄りかかってテレビの電源を入れたら、とたんに背骨がふにゃふにゃになった気がした。

普段なら、頭がからっぽの状態で画面を眺めているうちに、知らず知らず番組に見入っているはずが、今日は眠気をともなわない奇妙な疲労と、やり残した仕事を放置しているような居心地の悪さが胸につかえている。

ベッドの上に放り投げてあったスマホを手にとり、ぼんやりと連絡先を開いた。

田浦久美子。

機種変更するたびに、むかしのデータもコピーされて、何年も連絡したことのない相手の情報がひっそりと積もっている。クマ子の名前は、旧姓のままだ。

そのとき、クマ子の番号を呼び出したのは、どういうつもりだったのだろう。やあだ久しぶり、今ねえ、三途の川を渡ったところ。死ぬって、意外と普通なんだよね――

―とか。半分笑ったクマ子の声が聞こえる、とでも思ったのか。
呼び出し音がうつろに響く。空想の中で、クマ子の声がしゃべる。甲高く早口で笑いながら、クマ子ははっとするような人生の発見と、凡庸な家族自慢を同じようにしゃべる。

　ぎくしゃくした思考で、そんな妄想にひたっていたから、呼び出し音が途切れて通話がつながったときは、本当におどろいた。

「クマ子……？」

　一瞬にして、しゃっきりと頭が冴えた。あたしは今、死んだ人と電話している。

　しかし、聞こえてきたのはクマ子の声ではなく、おっかなびっくりな感じの男の声だった。クマ子の旦那だ。

「あ、ごめん、大沢くん？　ええとね、クマ子が出てくんないかなと思って――」

　正美は少なからず狼狽し、クマ子の旦那は「なあんだ、そうかあ」と嬉しそうにいった。

――正美ちゃん、今日はありがとうね。あいつさ、正美ちゃんに会いたがってたんだよ。

「教えてくれれば、よかったのに、あたしだって……」

――でも、病気のせいで面変りしちゃってたから、正美ちゃんをびっくりさせちゃうよなあっていってたら――。

急変して、逝ってしまった。

最初は明るかった旦那が、発作のように涙声になる。

「びっくりなんか、しないよ。あたしも、同じ病気したばっかりだもん。ていうか、今もまだしてる。手術したのもつい最近なんだ」

――そうなの？

だったら、なおさら会わずにいた方がよかったと、旦那はいった。

――同じ病気が重くなっちゃった人を見ると、気持ちが沈むでしょう。

「優しいんだ」

モスラの幼虫そっくりの旦那と美人のクマ子は、心持ちがよく似ていて優しい。正美はやはり、人を見る目のない女だったのだ。クマ子はえらい。クマ子は思慮深い。それなのに、神さまはクマ子を連れて行ってしまった。

――発見が遅れたんだ。見つかったときは、もうステージ4でね。肺とリンパ節に転移していてさ。

旦那は一所懸命、クマ子の病状が重かったことを説明した。同じ病気でも、きみは助かるんだよと、この人はいいたいのだ。

「大沢くんって、いい人だよね」

思わずその言葉が口からこぼれると、電話の向こうの声がこわばった。

──おれ、告知のとき、病院に一緒に行かなかったんだよ。乳がんの疑いって、珍しくないことだと思ったの。だから、あいつが一人でどんな気持ちだったかと思うとさ──。

クマ子の旦那は、電話口ですすり泣いた。のどの奥がぐずぐず鳴って、鼻水もぐずぐず鳴った。正美は、慌ててしゃべり出す。

「あたしも一人だったよ。手術のときだって、だれも来なかったもん。クマ子は、大沢くんが居てくれて、ラッキーだって」

言葉が上滑りしていないか、心配になる。

正美自身は、一人でよかったのだ。手術で死ぬたぐいの病気ではないが、当人にしてみれば臨戦態勢である。気持ちは、戦士なのだ。そんなときに、メソメソする家族なんかの面倒まで見てられるか──それが正美の本音だ。

そもそも、健康な人の顔など、見たくなかった。だから、父とヒロコさんのほかには、病気のことは教えていない。ヒロコさんはそれなりに吹聴したようだが、誰も見舞いによこすなという正美の頼みは、きっちりと守ってくれた。こちとら死ぬか生きるかっていう一大事なのに、見舞い客にまで気を遣うなど勘弁である。

でも、クマ子は違ったろう。どうしたら、この人をなぐさめられるのか。

「大沢くんは、本当にいい旦那さんだと思うの。あたしが退院した日、偶然に元旦那を見たんだけどね、若い女を連れてバカップルって感じでさ。大沢くんは、そんなキャラじゃないもん。クマ子は、男を見る目があるよ。ていうか、あんたたちは、離婚なんか絶対にしないでしょ。告知のときに付き合えなかったくらいで、あんたの価値は下がらないからね」

そんなの、何の気休めにもならないことは、承知していた。問題はクマ子が亡くなってしまったことなのだ。クマ子の旦那は、自分の価値なんか気にしていまい。正美よりずっと深刻な現実を突きつけられたクマ子は、その時点で戦意喪失したかもしれない。そんなときに、そばで旦那が取り乱しても、クマ子にとっては足手まといではなく、ただただ愛しい存在だったろう。

悲しいけれど、それは幸せなことだ。愛とはつまり、そういうことだ。

自分が結婚したときは、達也のイケメンぶりが目くらましになって、幸せだと思った。それが気のせいだと気付いてから、正美は結婚というものに、とても後ろ向きな考えを持つに至った。——おめでとうとかお幸せになんていわれるが、そんなのまやかしである。男女が夫婦になって子を産まねば、人類が滅亡するから、若い者たちはおだてられ、だまされ、結婚させられる。でも、それは欺瞞なのだ。罠なのだ。不幸せな人生が始まるのろしなのだ。自分の親を見ていたら、そんなこと、もっと早く気が付くべきだった、と。

(そうでもないんだなあ)

たぶん、クマ子の方が正しかった。

「大沢くんさあ、ありがとうね」

——え？

「クマ子の旦那になってくれて、ありがとう」

正美がそういうと、もういけなかった。クマ子の旦那は子どもみたいに、わあわあと声を上げて泣き出して、律儀にも電話機に向かって「わあわあ」いって聞かせるので、正美は話を切り上げるタイミングが見つけられずに、困った。

　クマ子の旦那が泣き止むのを待って、通話を終え、時計を見たら一時間が経っていた。テレビとブルーレイレコーダーの電源を入れる。入院中に録画していたコメディー調の推理ドラマを再生したが、どうしても気持ちが散漫になって、ストーリーが頭に入ってこない。何度かコマをもどして繰り返して眺めても同じなので、途中でやめてベランダに出た。

　奇跡のように満天の星が見えた。

＊

水曜日は時書房の定休日で、正美は開店時間に合わせて出掛けたオモチャ屋で、スノードームとテディベアを買った。クリスマスが近いオモチャ屋は、幸福感を呼び起こす演出がそこかしこに施されている。正美よりずっと若い母親に連れられて来た子どもが、正美が買ったのと同じぬいぐるみをねだり出した。

（そうだよな。子どものものだもんな）

正美がこれをプレゼントする相手は、知的障がいがある姉だ。慣れているはずなのに、姉への不憫さでしんみりとなった。

姉の居る施設は、藤沢市の郊外に建っている。片道で一時間半と少し。電車に乗るのは、久しぶりだった。

正美が今日まで戦い悩まされ打ち勝ったり敗れ果てたりしてきた人生の試練は、健常者ゆえのトラブルで、その土俵に立つことができなかった姉は、幸いにも庇護されてきた。だけど、障がい者である姉は、きっと障がい者ゆえの困難に翻弄されたはずだ。それを共感できないことが、正美は常に不安だった。正美にできることは、こうしてたまに面会に行くことくらいである。さりとて、姉の生活を背負わずにいられるから、助かっているのだ。正美の覚悟と憂いは、あまり大きくはないし、ご都合主義だ。

正美が幼かったころ、母がよく周囲の大人たちにいっていた。

「君枝の障がいがわかったので、この子を産むことにしたの。将来は、正美に、君枝の面倒をみてもらうのよ」

それをいうとき、母は得意げだった。

「正美が女の子でホッとしたわ。男の子だったら、介護のことなんてあてにならないもの」

自分は働きアリとか働きバチなのだと、正美は思った。兄のおさがりの学習図鑑に、白くて大きな幼虫を、せっせと世話するアリやハチの写真が載っていたのだ。アリさんは、えらいなあ——小さなころは、そう思っただけだが、次第に疑問が生まれた。どうして、あたしは働きアリなの？　あたしは普通に結婚して、自分の子どもの世話ができないの？

母の話を聞く大人たちは、同意することもあれば、困り顔をすることもある。困り顔をされると母は憤慨したようだ。両親の関係は絶対的な男尊女卑で、普段ならば母は父に愚痴など聞かせない。というか、聞かせられない。だけど、友人に否定されてよっぽど悔しかったのか、母は父に向って日ごろの自分の名案を披露し、友人の無理解さを嘆いた。

「そんなことを、いうもんじゃない！」

父は、母を叱り飛ばした。「そんなこと」が何を指すのか、父は説明しなかったし、母はもちろん訊き返すことなんてしなかった。おそらく母に理解できたのは、父に叱られたという事実だけだったろう。そのときは不満げだったが、母はもう正美を働きアリにするなんて、いわなくなった。

母はとても従順な人で、生涯、暴君に怯えるイエスマンの家臣のように父に従っていた。父が兄に英才教育をほどこすことに熱中していたので、母は兄のことを暴君の御曹司として遇した。障がいのある姉を大事に育てたが、正美の世話は焼かなかった。だからといって、正美に対して悪気があったのではない。母は万事、何も考えない人だった。何も考えずにせっせと家事をした。父は世話の焼けるキャラクターだし、兄は父のミニチュアだし、姉は障がい者だからなおさらだ。だから、正美にまで気が回らなかったのだ。そのことを、正美は幼いころから前向きに受け止めていた。あたしはお利口さんだから、おかあさんに苦労させないの。

長じて、姉の介護要員にされることに反撥した正美だが、それによって姉への愛情が減ったことはない。

姉は二十歳を迎える年の春、施設に入所させられることになった。正美は姉が家から出されることが悲しくて泣いた。姉が居る前では泣くわけにゆかず、学校の帰り道に歩きながら、ほろほろと涙を流していた。熱心に姉の世話を焼いていた母は、案外と淡白に見えた。

「親も年を取るから、つらいけど手放すのよ」

かつて、正反対のことを話した知人たちに向かい、そう話す様子はやっぱり上機嫌で得意げでさえあった。母がいったのは、自分の考えではなく父の受け売りだ。そのころの父は、いつにも増して不機嫌でぴりぴりしていた。それは八つ当たりとして、兄に向かって発散された。医学部の受験に三年続けて失敗した兄が、家出したのも同じころである。

タクシーを降りて門を入ると、広い前庭が広がっている。

番犬のゴロウは、前に来たときより少しくたびれた顔をして、それでも正美を見て大いに喜んだ。ゴロウは、雑種で保護犬のゴロウは、とても利口な犬である。ここで暮らす人たちを、自分が守っているのだと考えている。入所者の家族のことも、一人一人記憶している。寝転がったゴロウの腹を撫(な)でて、いつものように赤ちゃん言葉で挨拶(あいさつ)をした。ゴロウくんは、いい子ちゃんでしゅね。番犬のおしごと、ご苦労しゃまでしゅ。

正面口の左側が事務室になっていて、小さな窓から職員たちに挨拶をした。「君枝さんの妹さん」「君枝さんの妹さん？」数名の職員たちは、口々にいって笑顔をくれた。

姉はほかの入所者といっしょに、クリスマス用の壁画を作っていた。壁画といっても、大きな模造紙に折り紙を貼り付けた、ごく無邪気なものだ。

この施設には、二十歳から高齢者まで居る。障がいが重くて自力では動けない人から、身の回りのことができて簡単な仕事をこなせる人まで居る。姉は比較的、障がいが軽い方だ。

正美の顔を見ると、姉は小走りに近付いて、子どもみたいな顔で笑った。

「お部屋に行こう」

と、いうので、正美は途中にした作業を見て「いいの？」と訊いた。姉も、姉を担当している職員も、「いいの、いいの」という。

姉が寝起きしているのは、畳敷きの六畳間である。三人部屋だが、今は姉が一人で使っているらしい。

「寂しくないの？」

「大丈夫だよ」

「遅くなって、ごめんね。はい、誕生日のプレゼント」

開けやすいようにプレゼント用の包装ではなく、自宅で使うといって袋に入れてもらった。それでも、もどかしそうに取り出して、姉は嬉しそうにした。テディベアとスノードームを両手に持って、胸に抱いている。

壁の一方に背の低い飾り棚が設えてあり、これまで正美が持って来たぬいぐるみや可愛らしい雑貨が、ところせましと並べてあった。正美のプレゼントではない、古いオモチャも交ざっている。

「あら、また増えてるね」

正美が、黒い犬のぬいぐるみを指していった。戦時中に流行ったのらくろである。ぬいぐるみ自体は新しいが、ずいぶんとレトロな趣味の人もいたものだ。

「先月、もらったの」

誕生日のプレゼントだったらしい。だれがくれたのか教えるより、姉は今日の装いを正美に自慢したいようだった。

「洋服、可愛いでしょ」

「うん、可愛い。似合ってるよ」

今日来ることは前もって電話で告げていたから、姉はおめかしをしていた。以前、正美がプレゼントしたフェルトのワンピースを着て、髪の毛を巻いている。こんなときの常で「おねえちゃん、おしゃれだね」というと、照れて口をにんまりとさせた。

「最近、どう？　楽しい？」

「楽しいよ」

クリスマス会に向けて、よさこいソーランの練習をしていると、得意そうにいった。

「クリスマス会なのに、よさこい？」

「おかしいよね。でも、楽しいの」

姉は本当に楽しそうに、きゅっと首を縮めて、それから正美をまっすぐに見た。

「正美ちゃん、大丈夫？　助けてあげられなくて、ごめんね」

正美は驚いて姉を見つめ返した。姉には病気のことも手術のことも教えていなかった。だから、姉のいう意味がわからない。いや、わかる気がするのだが――。

「正美ちゃんは、あたしのことなんか忘れていいんだよ」

「なんで、そんなことというのよ」

思わず声が大きくなったが、姉は相変わらずにこにこしている。正美は狼狽(ろうばい)して、同じ言葉で繰り返し訊いた。

「なんで、そんなことをいうのよ」

「正美ちゃんが幸せなら、それでいいの」

「お姉ちゃんも幸せじゃなきゃ、駄目じゃん」

正美は、働きアリだったころの口調でいった。

「正美ちゃんは、優しいんだなあ」

「優しいのは、おねえちゃんでしょ」

正美は怒った声になる。

この人は、生まれたときから大きな荷物を背負わされているのに、だれをも恨むことなく、いつも優しい。忘れていいといわれるまでもなく、ほとんどの時間、姉を忘れて過ごす正美を常に許してきた。自分の人生を生きる正美を常に許してきた。おねえちゃん、あたしは働きアリじゃなくて本当にいいの？

そう思ったら、ついぞ思いもしなかったことだが、正美は泣き出してしまった。昨夜のクマ子の旦那みたいに、わんわん泣いた。――病気がわかってショックだった――手術が怖かった――これから始まるであろう治療がもっと怖い――今の今まで押し殺してきた気持ちが噴出した。本当は不安でたまらなかった。今も、怖くて身がすくんでいる。

クマ子にモスラの旦那が居てくれてよかった。昨夜は方便だったけど、今は本気で思う。

そして、自分にはだれも居なくてひとりぼっちだと思っていたけど、姉が居た。この人は、何もできないけど、ひたすら正美のことを愛してくれている。正美も、姉を同じように愛しているから、わかるのだ。ちまたで大安売りの「愛する」ということを、どれだけの人が実践し得るというのだろう――。

「よさこいの踊り、見る？」

姉はこちらの返事も聞かないで、となりの畳の上にすっくと立った。

「じゃんじゃんじゃん」

口真似で歌いながら、姉は踊り出した。背が低くてずんぐりとした体形の姉のよさこいソーランは、変てこだった。もう若くないし、精一杯かっこ良くしようとポーズをきめるのが、妙ちきりんだ。

それで、正美は笑った。笑っても涙はとまらないし、出口を見つけた感情は、マイナスもプラスもごっちゃになって、正美自身、何がなんだかわからなくなる。

*

帰りは、姉と担当の職員が玄関まで来て見送ってくれた。並んで手を振る二人に、正美も手を振り返した。前庭の途中で振り返ってお辞儀をする。門を出るときにも振り返ったら、姉たちはまだ並んで立っていた。

正美は、病気が治ったみたいな、晴れ晴れした気持ちになった。それは、がんではなく別の病気だ。正美は気付かないうちに、別の病気にも罹（かか）っていたようだ。

「よし」

声に出していってみる。

5　アクシデント

病理検査の結果を聞くために、外来を受診した。

病院はいつもながら感心するほど混雑していて、この人たちが時書房にも来てくれたらなあ、なんて思う。待ち時間は延々と続き、それを見越してディクスン・カーの文庫本を持って来たが、気が散ってなかなか読み進められない。

ふと顔を上げたら、前の椅子に座っている人の肩に、カマキリが乗っていた。カ、マ、キ、リ、だ！　テレビで観るような鮮やかな緑色ではなく、全身茶色で、しかし胸元で鎌を折り曲げているさまが、なかなかの雄姿である。

「うわあ」

思わず声を上げると、となりに居た人が一緒に騒ぎだした。それで当人が気付き、周囲の人たちもまんべんなく気付き、辺りは騒然となる。

受付のカウンターに居た看護師が来て、実に平然と素手でカマキリの胴体をつまみ、診察室の並ぶ奥の部屋へと早足で去った。やじうまらしい年配の婦人が忍者みたいに気配を殺して追跡し、しばらくして看護師に叱られて戻って来た。

「窓から逃がしてやったみたい」

年配婦人の報告に、待ちかねていた一同は「ほうっ」と息をついた。寒い外で生きていけるかしら？　そもそも、カマキリなんてどこから来たの？　温暖化だからじゃないの？　知らぬ同士は口々にいい合い、束の間の連帯感を楽しんだ後に、また自然に口をつぐむ。

正美はそれから二十分ほどして診察室の中に呼ばれた。

「検査結果を診ますと、赤石さんの場合は、抗がん剤治療とホルモン療法が有効です」

「有効といいますと？」

「有効ですから、おすすめするってことですね」

医師のやわらかい声を、正美は被告人にでもなった気持ちで聞いた。

「抗がん剤治療って、副作用がいろいろ大変なんですよね」

「まあ、そうですが」

医師は励ますようにうなずいた。正美は奥歯をかみしめ、鼻から深く息を吸い込んでから、決然といった。

「します。抗がん剤治療とホルモン療法、どっちもします」

そもそもがんというやつが憎いのだ。敵への攻撃のチャンスを逃すのは、正美の性に合わない。助かる可能性を増やすためなら、副作用に怖気（おじけ）づいているなんてことはできない。選択肢はない。あるけど、ない。

（ふん）

吸った息を、鼻から吐いた。無意識に目がすわっている。

診察の後に、治療の説明を聞いて病院を出た。聞き漏らさないように緊張していたのに、コンコースの歩道を歩くうちに、ほとんど頭から抜け落ちてしまっていることに気付く。

ぼんやりするに任せて、時書房に出勤した。

店はすでにヒロコさんが開けていて、昴も居た。昴は店になじみ始めていたが、予想したとおり、要領はあまり良くない。いわれたことしか、できないタイプである。そのことで、ヒロコさんがたびたびお説教をしている。聞くたびに、ヒロコさんはえらいなあと思う。組織人としての経験が長いヒロコさんには、当然のことらしいのだが、正美は新人教育などまるでできない。できるのは我慢するか、怒るか、だ。怒るのはお説教とちがってマイナス効果しか生まないから、我慢あるのみだ。

「昴くん、あんた、それじゃなくても大きくて場所塞（ふさ）ぎなんだから」

ヒロコさんも、けっこうひどいことをいっている。重たいものを運ぶために雇われた昴だが、力仕事が常にあるわけでもないから、普段は帳場の後ろでぼんやりしている。それでも、「もじもじ」が「ぼんやり」に変化したのは、昴としては大きな成長だった。店員としての成長ではないが、昴自身の前進だ。

お客は、相変わらず来ない。売るより買うのが大事な稼業とはいえ、やはり売れないのは喜ばしいことではない。先日の高畑さんの蔵書整理で希少な本も仕入れたので、正美としては準備万端で満を持しててぐすねを引いている気持ちではあるのだが。

「ごめんください」

戸口で声がして、正美たち三人は、そろって大した勢いで顔を上げた。

来訪者は白髪の豊かな紳士で、正美たちの視線にたじろいでその場に立ち尽くす。その後ろから中学生ほどの少年が、するりと身をかわして店内に入って来た。正美は、頭の隅で違和感を覚える。平日なのに学校はどうしたのだろう。

「なんだよ、すごい迫力でこっちを見てさ」

白髪の紳士が文句をいうものだから、少年の存在が意識から抜け落ちてしまう。少年は登場と同じほどスムーズなイメージで、奥の書架に向かった。

「おひさしぶりです」

正美は白髪の紳士に笑顔を向けた。この人は古泉堂という老舗古書店の主人で、正美は開店以来、何かと世話を焼いてもらっていた。古泉堂は筋金入りの本好きなので、栄枯盛衰どころか枯と衰ばかり目立つ業界に女一人で飛び込んだ正美のことを、殊勝な小娘と評価していた。古泉堂のイメージでは、正美はまだ開業当初の小娘のままなのである。

「古書展があるんだ。ちょっと先で、七月だけどね」

古書展とは、同業者が一堂に会する古書の展示即売会のことだ。お客は一般の人から図書館まで、本を必要とする者がさまざまに集うが、一番多いのは同業者である。

「場所は東京古書会館だから」

業界の市場として機能している場所だが、古書展はほかにもデパートのイベントとして開かれることが多い。本を偏愛する人たちが詰めかけるから、出店する側にとっては稼ぎ時である。高畑さんから仕入れたような貴重な本は、古書展で大活躍する。同業者の中には、店を持たずにこうしたイベントで稼ぐ人も居るほどだ。

「七月なんて、本当に先ねえ。鬼が笑うわ」

ヒロコさんは年末らしいことをいってから、帳場の奥を目で示した。

「今回は、昴くんが居てくれるから助かるわね」

古泉堂は「新人かい？」と、不安そうに笑った。給料が払えるのかと、案じているのだ。

「最近は出回る本そのものが少ないから、われわれのところに来る本も少なくなる。

昔みたいな熱い客も、遠からず居なくなっちゃうんだろうな」

古泉堂は嘆くようにいった。こんなとき、正美は話題を明るい方に持っていきたがる。

「映画の『ナインスゲート』なんか、本への執着が見ていて気分よかったですねえ」

黒魔術について書かれた本の争奪戦を軸にした、ホラー映画だ。主演のジョニー・デップが良かったとヒロコさんがいい、イケメンですからと正美がにやにやした。

「あの――」

盛り上がっている中に、ぽつんと投じられたような声がして、古書店の一同はきょとんと振り返った。白衣の女の人が、寒そうに腕をこすりながらマスクの下で笑っていた。近くの調剤薬局で働く薬剤師だ。お昼休みになるとよく来店する、時書房の常連である。

「前に、こちらにあった『首のないキューピッド』が欲しいんですけど」

奥の書架を指さしていう。彼女が感じの良い美人だったためか、古泉堂はパッと顔が明るくなった。帳場の後ろの暗がりでは、昴まで背筋を伸ばしている。

「ああ、冨山房(ふざんぼう)の『首のないキューピッド』だね」

古泉堂は、得意そうにうなずいた。

「一九七五年の本でしょ。へえ、おたくにあるの？　あれ、今はどこにもないんだよね。おれも欲しいんだよね」

物騒なタイトルだが、面白い児童文学である。正美は中学校の図書室で借りて読んだ。店に仕入れたときは、古い友人に再会したような気がして嬉しかった。自分の店から、この作品の面白さが伝わるのは光栄なことだ。品薄なので安価ではなくて、この人は前に見かけたときすぐに買えなかったのだという。

ところが、目的の本が今日は見つからない。正美は売った覚えがなかった。自分が留守のときに売れたのだろうかと、書架を見渡しながらぶつぶついった。

「いや、今朝見たときは、昨日と同じ場所にありました」

そういったのは、昴だ。ぼんやりしているだけに見えていた昴が、在庫の書名まで覚えているとは、すごく意外だった。

「昴くん、ひょっとして本の位置とか記憶してるわけ？」

「うん、まあ」

「すごいじゃない、この商売、向いてるわよ」

一同の目が帳場の奥に集まっているとき、入口のガラス戸の近くで、複数の本がコンクリートのたたきに落下するいやな音がした。さっき、古泉堂の後ろから入って来た中学生が落ちた本の後ろで中腰になり、今にも走り出そうという格好をしている。万引き。すぐに、そう察した。

中学生はジーンズの中に不自然にたくし込んだパーカーの腹の部分に、本を詰め込み、店から逃げ出すところだったのである。落ち着きのない目がこちらを見て、次の瞬間、まだ本が残っている腹を両手で抱えて外に飛び出した。

「こら!」

と、古泉堂が叫んで追いかける。正美も、万引きに関しては泣き寝入りしない主義だ。ためらわずに走り出した。でも、古泉堂ともども肉体が気力に追いつかない。少なからず足をもつれさせる二人を、大きな影が追い抜いた。帳場の奥から飛び出した昴が、アスリート並みの全力疾走で少年を追っているのである。

へどもどする正美たちを引き離し、昴と万引き少年との距離は、見る見るうちに狭まって行く。さすがだ。若い者は頼りになる。父はやはり良い人材をよこしてくれた。のろのろと走りつつ手放しのエールを送っていたら、少年に追いついた昴の大きな体が、まるで漫画みたいに後方に吹き飛んだ。追いつかれて摑まれた少年が、柔道のような投げ技を使ったように見えた。

「昴くん!」

悲鳴のような声を上げた正美だが、しかし体力の限界で、立ち止まってしまった。それでもよたよた歩いて近付くと、古泉堂が昴の大きな体を起こそうと四苦八苦している。万引きした少年は、今度は徒競走みたいに両手を正常に振りながら逃げて行く。

「大丈夫です。あいつ、本は全部、落として行きました」

昴は目をきらきらさせていった。

＊

昴のことを褒めるべきか叱るべきか迷ったが、結局のところ叱る方を優先した。というのは、投げ飛ばされたときに、足を捻挫していたのだ。正美は大いに慌てて「病院へ、骨接ぎへ」と騒ぎ出し、薬剤師であるお客が薬局の近くにある整形外科に連れて行った。

昴が取り戻した『首のないキューピッド』は、無事にお客の手に渡すことができたのだが、それが冨山房から一九七五年に出た本だと奥付で見たときは皆でどよめいた。

「前も思ったんですけど、ひょっとして古泉堂さんは、あらゆる本を記憶してるの？」

「いやいや」

古泉堂は、嬉しそうに口元をゆるめる。

「うちのヤツがたまたま、この本を探していてさ。だから、覚えていたわけだよ」

しかし、古泉堂には以前も同じことをいい、同じ返事をされたことを覚えている。

「しかしねえ、万引きには、うちも悩まされているよ」

本やゲームソフトなどが盗まれて、別の古書店に転売されるのは珍しいことではない。

「むこうにいわせたら、万引きは犯罪じゃないみたいよ。若気の至りに目くじらを立てるなとか、警察に突き出されて犯罪者にされるのはあんまりだとかいうじゃない」

「ふん。犯罪者になりたくないなら、なる前に悔い改めろっての」

正美が怖い顔でいう。

「十八歳未満お断りにしたり、万引きに困って店売りをやめてしまったところもあるよ」

この稼業は、店がなくてもできないことはない。しかし、同業者の多くは古書店というスタイルを愛している。正美にしても、そうだ。通ってくるお客とて、漠然と背表紙を見て買い物をするのが醍醐味のひとつなのだ。

「本を盗まれたら警察に頼るのが筋ですね」

「うちの店長は、容赦ないんだから」

ヒロコさんが気楽な声でいった。

店の固定電話が鳴ったのは、そのときだった。

店に来るのは仕事の用件の電話なので、本来ならば大歓迎なのである。しかし、そのときはどうしてなのか、不意に胸騒ぎがした。

一瞬だけためらい、持ち上げた受話器の向こうから、女性の硬い声が聞こえた。

——時書房さんですか？

聞き覚えのある声だが、だれなのかわからなかった。考えて思い当たるまでの間は一瞬だったが、それがずいぶんと長く感じられた。父の小児科医院の看護師の声だと思い当たり、名前を呼ぼうとしたら、先方は切羽詰まった気配でいう。

——正美さん、今、立っている？

「え？　座ってますけど」

そういいながら、帳場の前の背もたれのない古い木の椅子に腰を下ろした。

電話の向こうの人は、正美の言葉に息をつく。

——落ち着いて聞いてね。さっき、先生が亡くなりました。

＊

父は診察中に倒れた。

いつものように朝から患者が一人も来なくて、事務員はパソコン入力、看護師はトイレ掃除をしていた。父は、診察室に一人でいた。

看護師がトイレ掃除を終えたとき、患者が来た。子どもではなく、近くの保育所に勤める若い保育士である。なぜか、内科ではなくわざわざ赤石小児科に好んでやって来る人だ。こういう患者はほかにも少しだけ居て、やはり混んでいないことと、投薬の的確なことが、ひいきの理由なのかもしれない。事務員がカルテに日付印を押し、看護師がそれを診察室に運んで行った。

そのときに、倒れている父を発見したのである。

患者が高熱を出した子どもではなく、分別のある大人でよかったと、後になって看護師が正美にいった。ショックを受けた二人のスタッフを励まして、救急車を呼んだり、容態を確かめるようにてきぱきと動いてくれたそうだ。

しかし、その時点で父は亡くなっていた。搬送先の病院で、心不全だと診断された。

葬儀のことは、昨年に母を送った経験から途方に暮れることはなかったものの、去年は父が喪主をつとめた。今回は正美がその役目を負うことになった。墓じまいと同じである。正美のほかに、する人が居ない。

兄夫婦は札幌から駆け付けたものの、正美が喪主をつとめることが不満で、文句ばかりいっている。その真意は、遺産の行方が気になって仕方がなかったからしい。正美が喪主になることで、遺産を独り占めされるのではないかと、兄夫婦はひどく恐れていた。

「だったら、おにいちゃんが喪主する?」

「するって、おまえ。もうおまえがやることに決めたんだろう？　変更とか、普通はしないだろう？　それに、おれが喪主なんかしたら、親父は化けてでるだろうさ」

それはいえてる。と、正美は思った。だったら四の五のいわないでよ。とも、思った。

通夜が始まるころには、兄たちは露骨に相続の話を始めるようになった。脅すように、哀れを誘うように、夫婦交替で正美のそばに来るので邪魔で仕方がない。

あなたのにいさんの会社の経営が苦しいの。いただくものは、いただきますからね。あなたも妹だったら、わかるわよね。わかっているでしょ。ほら、わかったといって。

君枝には遺産は要らないだろう。要らないよな。障がい者なら、国とかから金が来てるんだろう、よく知らないけどさ。こっちは、社会的責任を果たしているんだから、いただくものは、いただかないと。

「その話はあとで」

父は遺言状を作っていたらしい。弁護士から連絡を受けていた正美は、今はともかく葬儀のことに集中したかった。

通夜と葬式には、多くの参列者があった。父はお世辞にも性格が良いとはいえないし、高齢ゆえに医者仲間も少ないだろうと思っていたのに、大勢が父を弔いに来てくれた。

（意外に人望があったのかなあ）

正美はそんなことを思う。兄夫婦もそうだが、正美は少しも悲しんでいない。そのことを、おかしいとも思えずにいた。喪主として葬儀をつつがなく済ませることと、参列者に失礼がないようにと、それればかり考えている。

訪れる人の中には、父が診ていた患者も居た。昴の姿があったのは、時書房のアルバイトだからではなく、父の患者としてだろう。昴を時書房によこしたのは父だから、そっちの絆の方が強力なのだと、改めて思い返した。

昴といっしょに、彼の父親も来た。なぜか、祖母まで来た。一家そろって来てくれたことになる。昴の祖母は、ひどく老いていた。痩せて小さくて、体格の良い孫からは想像もつかない風貌だ。ただ、控え目な雰囲気がよく似ている。ただし、おばあさんはさすがにもじもじしているわけではなく、しかし父の祭壇を見上げてぺこりと頭を下げ、ハンカチを両目に当てていた。思いのほかに大勢の人が来てくれたが、父の死を悲しんでくれたのは、昴の祖母だけだった。

意外な参拝者といえば、とある文学サークルの一団である。

「武蔵さんには、お世話になったんですよ」

ストレートの黒髪をひっつめにした、ストイックな感じの若い女性が、正美のところに来て会釈をした。特別に悲しんでいる風もなく、さりとて笑顔でもないが、眼鏡の奥の目が明るい。自然なアイメイクに飾られた形の良い目には、気風が良いという感じの目力があった。その人の後ろには、数名の老若男女が居て、やはり場の空気を乱さない程度に明るい表情をしていた。

「武蔵、さん?」

正美がきょとんとすると、老若男女は口々に「やっぱり、武蔵さんたら、家族には内緒にしていたのね」「照れ屋だったもの」などといい合っている。

「如月武蔵。おとうさまが小説を書かれていたときのペンネームですよ」

小説……キサラギムサシ……? はあ? 悪いけど、笑える。いや、信じがたい。

「ええと――。それは、父の趣味だったのでしょうか?」

「はい。わたしたちは、同じ文芸サークルの同人です」

ひっつめ髪の女性の、すぐ後ろに居た小太りの中年婦人がいった。ひっつめ髪の人は、昴の祖母を見て会釈をしている。仲間たちが「おお」とか「ああ」とかいって倣った。昴の祖母は気付かずに廊下に出てしまう。小太りの婦人が、続けた。

「武蔵さんは出色の存在でしたからね。わたしたち、武蔵さんをお手本にしてたんですよ」

「それは、なんというか……」

人間嫌いで愛想が無くて好戦的で自己中心的な父に、趣味の仲間が居たなんて意外だ。そもそも、父に趣味なんてものがあったこと自体が、意外だ。しかも、父は慕われていたようだ。あの父のことだから、地獄の悪魔たちに好かれていたというのなら、まだわかる。しかし、この人たちは、とても感じがいいのだ。

＊

弁護士事務所というのは、事務的だが居心地良さそうな調度が絶妙に配置されていて、切れ者で親切でハンサムな弁護士が、慇懃（いんぎん）に応対してくれる——という印象を正美はもっていた。テレビドラマからインプットされたイメージである。古書だけを相手に何十年も生きてきたから、科学的な分野はもとより、世事全般に疎い。法律なんか、特に疎い。

弁護士の小野寺（おのでら）氏は、父ほどではないが、高齢だった。小柄で痩せて浅黒く頭髪がなく、それこそどこか悪魔じみた容貌である。だから、父がこの人に遺産やら遺言状やらを託したのは、なんとなくうなずける気がした。

ところが小野寺弁護士は、話してみると親切で気さくな人だった。父のように、不愛想だったり、意地悪をいうこともない。さりとて、小野寺弁護士が読み上げた父の遺言状は、なかなかに意地悪な内容だった。

正美の相続分は、二百万円。裕福ではなかったにしろ、開業医が我が子に残す財産にしては、ずいぶんとみみっちい。そう思ったが、正美は無言のまま、こっそりとため息をついた。兄はニヤリと口の端を上げ、兄嫁は反対に口角を下げた。兄としては自分の取り分が増えたと喜び、兄嫁は正美への処遇がわが身にも降りかかると危惧したようだ。

「洋造さんは、二百万円の使い道を指定しています」

小野寺弁護士がそういうと、兄は声をひっくり返らせて笑った。小野寺弁護士は兄が静かになるのを待って続ける。

「正美さんはこの二百万円を使い、洋造さんの遺品整理をしてくださるようにとのことです。業者に依頼する場合でも、この中で工面してください。自宅および医院の解体費用についても、同様です」

「おいおい、二百万ぽっちじゃ、足が出るんじゃないのか？」

兄はどこか酔っ払ったように陽気な声を出す。「ふむ」と正美は思った。兄もまた、自分の取り分を案じているのだ。正美は二百万円で住宅と病院の建物を解体できるものなのか、危ぶんでいる。しかし、落胆したわけではなかった。父が無体なことをいい出すのには慣れている。二百万円と実家の整理、費用対効果が割に合うかどうかは、これから向き合う問題だとしても、父が残した最後の厄介ごとにしてはまだ可愛いくらいだ。

「残りは全額、花の光園に寄付します」

花の光園とは、姉の君枝が入所している施設だ。

正美の横で、兄夫婦がフリーズする。小野寺弁護士は淡々と続けた。

「医院および自宅は更地にして売却することとします。売り上げたお金は全額、花の光園に寄付します」

「ちょっと……。ちょっと、待ってください。わたしの分は――」

兄が慌てていった。小野寺弁護士は兄に視線を合わせて、気の毒そうに頬をゆがめた。

「正行さんの相続分はありません。洋造さんは、正行さんには一円も渡さないようにと、特に念を押されていま……」

「――――！」

兄嫁が、絶叫した。文字通り、絶叫したのである。

正美も小野寺弁護士も、兄ですらビクリと背筋を振るわせて、その姿を見返った。

しかし、兄はすぐに兄嫁の恐慌に加わり、大声を上げる。

「納得できない！　訴えてやる！」

兄の声に、兄嫁の慟哭が加わる。不協和音の異様なコーラスになった。

「なんで、役立たずでお荷物の君枝なんかに……！　あいつが生まれてきたせいで、うちの家族は不幸になったんじゃないか。あんなやつ、生まれる前に死ねばよかったんだよ！　そしたら、こんなことにはならな——」

兄の放言が中断したのは、正美に殴られたためである。

最初に平手打ちしたが、すぐにそれを後悔した。こぶしを握って殴り直した。兄嫁の叫び声は、抗議から非難へと微妙に声のトーンが変った。

「お嬢さん、落ち着きなさい！」

小野寺弁護士が、忠臣蔵（ちゅうしんぐら）の松の廊下のシーンみたいに、正美を後ろから止めた。正美の口が勝手に動いて、むかし達也から借りて読んだ漫画のセリフを怒鳴っていた。

「もういっぺんいってみろ、このド外道が！」

ド外道とは、すごい言葉だなあ。犯罪現場みたいになった修羅場で、正美は内心では冷静なことを考えている。兄は兄嫁に庇（かば）われてドアのそばまで逃げ、殴られた頰を押さえて興奮した声を上げた。

「おまえは、親父にそっくりだ！」

正美はいい返す。

「きさまは、犬のフンにそっくりだ！」

いやはや、あたしときたら。きさまなんていっちゃった。

兄夫婦は遺産がもらえなかったショックより、正美の剣幕に度肝を抜かれた。冷静さを誇示した低い声で正美を非難し、小野寺弁護士に皮肉を投げてから、オフィスから退散した。そのときの捨て台詞（ゼリフ）によれば、すぐに札幌に帰ったらしい。

6　怒らせないでくれる？

あさってまで休む予定にしていたが、午後から店に行くつもりだ。自営業なので有休も忌引きもないのだが、このところ通院だの入院だのでヒロコさんに負担をかけっぱなしだからだ。

（その前に、これを……）

正美は、父の遺骨を書庫（実質は物置）とリビングのどちらに置こうか迷っている。そもそも、こちらの住まいには持って来たくはなかったのである。親孝行な娘ならば連れて来たくはなかったというだろうか。いや、親孝行ならば連れて来たいはずだ。無人の実家に放置しなかっただけでもマシだろう。マシついでに、物置ではなくリビングの窓辺の棚に骨壺を置いた。

「あー」

大きなマグカップにジャスミンティーを淹れた。空を見ようとしたら、目が骨壺へと向いてしまう。骨になったとはいえ、父と狭いマンションに居るのは、居心地が悪かった。さりとて、これから実家に返しに行くのも無情だろう。それで仕方なく、正美が一人で実家に逃げ帰った。遺品整理を指示された以上、実家を見ておこうと思ったためでもある。

自転車をこいで実家に近付くにつれて、父がまだ赤石小児科の診察室で、しかつめ顔をして座っているような気持ちになった。死が急に訪れたことは、当人の苦しみがそれだけ短かったということだ。自分のときは、どんな感じになるのだろう。

(その前に、墓じまいなんだってば)

墓じまいを済ませる前に、大黒柱が亡くなってしまった。今や、大黒柱は正美である。ここでしっかりしないと、先祖代々の墓が無縁墓になってしまう。

(来月からは、抗がん剤治療が始まるのに)

墓じまいに加えて、遺品整理もある。小児科医院の方も、二人の従業員の退職手続きを急がなくてはならない。遺品整理については、ヒロコさんがネットで調べてくれた。

――急に亡くなったから、おとうさんもいろいろ準備ができていなかったと思うわよ。

いや、遺言状はきちんと用意されていた。

――遺言状はそうでも、細かいことがいろいろあるの。

ヒロコさんはいつものくせで、頑固である。

――請求権に期限があるから、生命保険に加入していたかは、ちゃんと調べるのよ。それから、不動産ね。おとうさんがあんたに内緒で買ってローンが残っているかもしれないから注意して。真っ先にするのは、通帳のチェックね。いい？　通帳のチェックよ。

ヒロコさんに強く念を押されたので、着いて真っ先に金庫を開けてみた。金庫の合鍵は、先月から預かっている。そのときの正美は自分の入院に気をとられていて、何も訊かず拒否もせず、受け取っておいた。それでも、家族を頼ることがなかった父にしては、珍しいと思ったのを覚えている。父にしてみれば、何かの予感でもあったのだろうか。

金庫を開けると、すぐ生命保険の証書が見つかった。入院保障がメインの終身保険で、死亡保険金は八十万円だった。遺言状には、この保険について言及がない。兄の取り乱した姿が頭に浮かんだが、それを無視した。一円もやるなと書き残したのだから、兄妹で等分に分けるのはそれこそ親不孝というものだ。八十万円は墓じまいと建物の解体費用の予備として、預からせてもらう。余ったら、そっくり姉の居る施設に寄付することにしよう。

金庫の中は整然としていて、通帳もすぐに出てきた。しかも、どさどさと出てきた。

父は実にあちこちの銀行を利用していて、預入金額はどれも一千万円以内である。ペイオフに備えてのことだろう。一円たりとも失うまいという、いかにも父らしい手堅さだ。

「ん?」

普通預金の通帳をめくっていた正美の手がとまった。生活費や公共料金がちまちまと引き出されたり引き落とされたりしている中で、まとまった出金を見つけたのだ。

金額は百万円。今年の六月末日である。引き出しではなく、送金だ。

送った先は『スギタヨシコ』という個人名だった。

「スギタヨシコ……?」

つい声に出すと、記憶がうずいた。あまり達筆ではない震えた文字で書かれた名前が、いかにも葬儀の記帳にふさわしく——そこまで思い出して、正美は通帳を持ったまま、リビングまで駆けて行った。テーブルの上に置きっぱなしにした白木の文箱(ふばこ)の蓋(ふた)を、もどかしい手つきで持ち上げる。そこに納めてあった芳名帳をめくった。

杉田よし子。

通帳の百万円という数字と見比べているうちに、それが書かれたシチュエーションまでまざまざと思い出した。父の葬儀に来た、似合わない喪服を着た大柄な昴。彼と連れだって来た中年男性と、老婦人。昴の父と祖母だ。大柄な昴と、中肉中背の父親、小さくて痩せている祖母。体格のちがう三人は、顔立ちとともに独特の雰囲気が似ていた。控え目で遠慮がちな雰囲気だ。その性格は筆跡にも現れていて――。

　そして、昴の祖母は震える細い字で記名したのだ。

（おとうさん――なんで……あの人に、百万円もあげてるのよ）

　正美は、会葬者の中であのおばあさんだけが泣いていたのを思い出す。

　と同時に、いつも使っているリュックに父の通帳を突っ込んで、大変な勢いで家を出た。門の前で、たまに立ち話をする一人暮らしの老婦人に出くわし、相手はびっくりした顔でこちらを見た。さもありなん。正美はずいぶんと怖い顔をしていたのだ。

　そんな勢いで自転車をこぎ、飛び込んだ時書房では、昴とヒロコさんが談笑していた。

　二人は笑った顔のままこちらを見て、正美が不機嫌でなおかつ取り乱しているらしいことを察し、もの問いたげな表情になる。

　正美はリュックから父の通帳を取り出し、問題のページを昴の目の前に突き付けた。

「これ、どういうこと？」

　昴はあっけに取られ、それから怯えた。事情を聞き出せるとはとうてい思えないほどに、ひどく怯えた。それで、正美の知らないことが何かあるという確信が強まった。

　そもそも、父が昴をここによこしたところからして、謎なのである。

「あんた の家に案内して」

大きな手をつかんで立ち上がらせると、昴を車庫に引っ張っていった。助手席に乗せてクルマを出す。雑談も質問も一切受け付けず――昴はそんなことを口にする余裕もなかったが――一方的に道順を尋ねてハンドルを切った。昴は大きな体を縮こまらせて、とても困っている。でも、道案内は要領がよかった。

昴の住まいは、同じ建物が何棟も建つ古い団地の一階だった。蔵書整理で高畑さんの住まいを訪ねたとき、昴が「うちの団地にそっくりです」といったのを思い出す。白いモルタルの壁の汚れ具合やひび割れ具合、土台の下の苔の生え具合まで似ていた。放り出された三輪車や、陰気に暗いコンクリートの階段もそっくりだった。

昴の父親と祖母は在宅していた。

硬い表情の正美が昴をともなってやって来たことだけで何かを悟ったものか、ひどく恐縮して正美を上座に座らせようとする。これじゃあ、時代劇に出てくる悪代官みたい。正美は意地になって襖のそばに正座した。無地の襖紙は黄ばんで穴が開いていた。

「これは、どういうことですか」

昴にしたのと同じく、通帳を杉田とよし子の両人に突き付ける。

二人は顔色を変えて取り乱した。よし子は泣き出し、杉田はやっぱり時代劇に出てくる下手人みたいに、ひざをついて座り直し、うなだれた。

「……赤石先生には、この子が赤ん坊のころから診てもらっていて……」

父が昴の主治医であったことは、すでに聞いている。が、杉田家と父の関わりは、それだけではなかった。父が如月武蔵と名乗っていた文芸サークルに、よし子もまた所属していたという。

(あ……)

父の葬儀に来てくれた文芸仲間たちが、よし子にも会釈したのを思い出した。

「愛人、ってことですか」

趣味の友だちならば、結構なことだ。しかし、普通は趣味の友だちに、百万円なんてあげない。まして、遺品整理と建物の解体費込みでも実子に二百万円しか遺産を渡さないようなしまり屋が、赤の他人に気前よくポーンと百万円を送金したのである。相手が愛人である以外、説明がつかない。

「そんな——ちがいます」

よし子は狼狽して小さな手を胸の前で握りしめた。その謙虚さを誇示するような様子が、計算高く見えないでもない。泣いているのだって、いかにもこれ見よがしではないか。

そう指摘すると、杉田が慌てて母親を庇った。

「母は、泣き虫なのです」

泣き虫って……。子どもじゃあるまいし。そう思っていたら、よし子が袖で涙を拭いて気を取り直したように、正美の顔を見る。しかし、すぐに視線をそらした。

「武蔵さんとは『さわらび』で出会いまして、孫のお医者さまなのですぐに親しくなりました」

さわらびというのが、文芸サークルで出している同人誌の名前で、サークル名としても通っているのだとか。正美は冷徹な声で「それで？」と促した。

六月に杉田がリストラされて、一家の収入がなくなってしまった。よし子も若いころからパートで食いつなぎ、国民年金の保険料を払っていなかった。払えなかったのだと、よし子はいい直した。だから、支給年齢になっても年金はもらえない。そのために、親子三代、完全な無収入となった。見かねた赤石院長が、百万円を貸してくれた。

「わたしの仕事が決まったら、ちゃんと返すつもりだったんです」

「返すのは当たり前です！　やっぱり、愛人なんだ。父にお金をたかっていたんですね」

正美は憤慨して強い声を出した。

「そんなんじゃないんです。信じてください」

よし子は興奮したせいでまた泣き出した。杉田と昴までが、泣きそうな顔になっている。

「泣き落としは通じませんから」

正美は少ない収入から店と自宅の家賃を払って入院費を捻出し、兄なんか実の子なのに遺産ももらえない（自業自得だが）。なのに、この一家は泣きまねして百万円を入手できたなんて――。

「しかも、息子をうちの店にもぐりこませて、何を企んでいたんですか！」

「企んでいたなんて――」

杉田の収入が断たれたため、よし子が『さわらび』をやめ、心配した赤石院長が話を聞いた。困窮した現実に同情してお金を援助し、昴のひきこもりも治してやると請け合った。それで、正美の店に行かせたのである。

（何を勝手に……）

正美は憤慨がつのる。

「代わりといっては、なんですが――。先生はこいつに墓守を頼むと――」

「墓守？……そういうことだったわけ……」

正美は完全に頭にきた。『赤石家先祖代々之墓』を『和』に変えたのは、この人たちを入れるためだったのか。墓の問題は対策済みだと父はいっていたが、この一家を引き入れるという意味だったとは――。

「冗談じゃない!」

正美は一喝した。無意識に腹式呼吸となり、学生時代の合唱の練習みたいな声になった。

「うちの墓に、あなたたちの骨は入れさせませんから!」

きびすを返し、挨拶もしないで玄関に向かう。低い敷居をまたいで、戸外に出た。放置されていた三輪車に、幼い子どもと若い母親が駆け寄っている。遠くで焼き芋屋の笛の音がして、空には雲もない。世界は優しく和やかなのに、あたしはどうしてこんなに怒らねばならないのか。ひょっとしたら、あたしがまちがっているのか? 笑って話すべきなのか? 杉田家の三人に対して、もっと優しい態度をとるべきなのか?

「あの……」

クルマのドアに手を掛けたとき、後ろから声がした。背後に昴がいて、もじもじしていた。正美は、笑えなかったし、優しい声も出てこない。

「あんた、うちの墓守をしたかったわけ?」

昴はその問いには答えず、正美の方を見ずにいう。

「店……やめます」

「そうしてちょうだい」

正美は優しくない声で答え、クルマを出した。

店にもどって昴が退職したことを告げても、ヒロコさんは何も訊いてこなかった。正美がいい出すのを待っているのがわかったが、興奮してあげつらったり、いいわけめいたことをいうのもいやだった。

＊

抗がん剤治療のために、病院に行った。乳腺外来はいつもどおり混雑していて、正美は治療の副作用が怖くて、ひどく緊張していた。

隣の椅子が空いたのに、かたわらに立つ人が立ち尽くしたままだ。視界にはひざから下しか見えなかったが、若い女性のようだ。ふと親切な気持ちになって「空いてますよ」と声を掛けようと、目を上げた。

その人は、泣いていた。ほろほろこぼれる涙を、赤と白のギンガムチェックのハンカチでぬぐっている。引き結んだくちびるが、子どものように震えていた。

(がんとか、いわれたのかな。可哀想にな)

そう思って盗み見るうち、この若い女に見覚えがあることに気付く。次の瞬間、

「あー！」と心の中で声を上げた。大吉庵のバカップル——元夫の達也と居た、若い彼女ではないか。

（確か……自分のことをリカとか呼んでたっけ）

そのとき、リカに声を掛けてしまったのは、抗がん剤治療を前に、動転していたためか。

「あの——遠藤——達也——さんと一緒に居た人ですよね」

リカは泣いて赤くなった目で、驚いたようにこちらを見た。そこに非難や不審さを見つけられなかったから、正美はホッとして、いささか間抜けな愛想笑いを作った。

「ええと——あたしは——」

言葉につまり、へどもどし、結局は馬鹿正直ないい方をする。

「元妻です」

「——！」

リカは顔からハンカチを離し、口を丸く開けた。その口が再びわなわなと震える。これは敵意の発露かと身構える正美の小柄な肩に、ひょろりとしたリカが縋り付いてきた。

リカは、小さく声を上げて泣き出す。周囲のまなざしが集中した。正美は一同に、引きつった笑顔を返したり、良い匂いのするリカの髪を撫でたりした。

「よしよし、大丈夫だよ。泣くな、泣くな」

「あたし、たっちゃんの妻です」

リカは涙声でいった。達也ったら、こんな若い女と再婚していたのか、年甲斐もない女たらしめ……と、普段なら悪態をついたかもしれないが、今はそうした状況ではない。

「それは、それは……。ご結婚、おめでとうございます。いや、おめでたくない感じ？」

リカは正美からからだを離す。泣いて歪んだ顔をしきりに拭いていたが、やがて話し出した。周囲の一同は退屈の極みにあったから、皆が自然と聞き耳を立てている。正美は気にしたが、リカはそれには気付いてもいない。リカが泣き止むことが先決だと思い、正美も気付かないふりをした。

「あたし、がんなんです」

「え……。そうなの？」

「なんか、気になって――」

胸にしこりを見つけて受診したら、乳がんだと診断された。片方の乳房を全摘しなくてはならないといわれた。抗がん剤治療を受けることになったら、髪の毛が抜けるといわれた。当分は妊娠してはいけないといわれた。それを達也に告げたところ――。

――げー。

がんよりも、抗がん剤よりも、ホルモン療法よりも、妊娠をあきらめることよりも、リカには達也の言葉とさえいえないその一言がショックだった。

正美も、リカへの同情と達也への非難で、カッと頭が熱くなった。周囲のひそかな聴衆たちも同様のようで、こちらに同情の視線を送ったり、隣同士小声でたっちゃんとやらへの文句をいい出している。

「赤石さーん、赤石正美さーん」

受付のカウンターから名前を呼ばれ、正美はいそいで立ち上がった。改めて、リカの肩に両手を掛け、「うん、うん」とうなずいてみせる。

「あたし、これから抗がん剤やるから。終わったら、また会いましょう」

「え？　元奥さんも、がんなんですか？」

リカはもう泣くのをやめ、この思いがけない出会いにようやく驚いたような顔をしている。それがいかにも善良そうに見えたので、正美は俄然、姐御風を吹かせたくなった。

「あなたの旦那に、一言いってやらないと気が済まないんです」

「あの――あの――はい」

リカの顔が、ぱっと明るくなった。ＬＩＮＥを交換して、そこでいったん別れた。

リクライニングチェアに座らされて、二時間かけて点滴をした。それが抗がん剤治療というものだった。ずっと恐れていたのに、達也に腹を立てているうちに終わってしまった。

＊

リカとは病院の近くのカフェで会い、友好的な挨拶を交わしてから、達也を呼び出した。リカの電話を借りて、正美は「仕事を休んで、今すぐ来て」と無理な要求をする。達也がこういう頼みを断らないことは、経験上知っていた。

思った以上に早く、達也はやって来た。

妻のスマホで元妻と話したという不気味な事実は、放置できるたぐいのものではなかったようだ。現実に二人が向き合ってお茶を楽しんでいるのを目の当たりにして、達也は混乱し、正美もよく知る愛想の良さで作り笑いを浮かべ、それからようやく「どうしたの、二人？」とつぶやくように訊いてきた。

「うちの店に行きましょう」

達也夫妻を時書房に連れて行ったのは、店にはどうせお客が居ないだろうし、お説教するならそうした落ち着いた場所が必要だと考えたからだ。

思ったとおり時書房では、ヒロコさんが手持無沙汰に店番をしていた。頭脳明晰なヒロコさんは、達也とリカを見てすぐに、うなぎ屋で見たバカップルだと思い出したようだ。

ヒロコさんは基本的に口うるさいオバサンだが、慎重を要するときは老獪な無口さを発揮する。昴を追い出してしまったときも、無神経にこちらの傷口を広げるような質問はしてこなかった。それでも、後から改めて説明を求められるのも常である。つまり、結局のところ、正美に関する情報はヒロコさんに報告する義務がある——ということになっている。ヒロコさん自身は身の上話などあまりしないので、ズルイといえばズルイのだが、一方的に話を聞いてくれるお地蔵さまみたいな存在と思えなくもない。

正美は達也たちを店の奥の四畳半に通した。狭い裏庭に面していて、うす暗くて、市松人形や安物の骨董なんかを置いてある。まったく達也の好みに合わない部屋だ。うすい座布団に正座してリカはむくれた表情を保ち、達也は居心地悪そうにした。ヒロコさんは煎茶を運んでくると、そそくさと退出した。狭いから、会話は筒抜けだが。

正美は達也の顔を見据えて「あなたねえ」といった。達也はこれが説教の始まる合図だと知っているので、顔を引きつらせた。

「なんだよ、いきなりさあ」

「あなた、リカさんに『げー』っていったんだってね、『げー』って」

「はあ？　なんのことだよ」

達也は拗ねた子どもみたいないい方をした。妻が元妻に告げ口をしたらしい。なんだか知らないけど、「げー」といったのが悪かったらしい。元妻は妻の肩を持って怒っているらしい。しかし、「げー」なんてだれでもいうではないか。「うけるー」とか、そんな程度のものではないか。いちいち覚えていられるか——。

「ん？」

達也が問題となっている「げー」といったシチュエーションを思い出したようだった。顔色の変化で、それがわかった。

「おれだって、どうしていいかわかんなかったんだよ——。いきなりがんだっていわれて、おっぱいがなくなるっていわれて、頭が禿げるとか、子ども作れないとか——」

「あなたは、チビッ子か？」

そうだ。この男はドラマや映画のかっこいい主人公みたいな姿をしているのに、中身はスーパーの通路に寝転がって駄々をこねる子どもと同レベルなのである。決して邪悪ではないものの、想像力が根本的に欠如しているのだ。

「いきなりがんだって医者にいわれて、おっぱいを片方失くして、髪の毛が抜けるくらいハードな副作用を我慢しなくちゃならなくて、子づくりをとめられた奥さんの身になってみたら？　あなたは『げー』っていってるだけで済むわけ？　ふーん、実際に怖い思いをして、苦しんだり我慢したり、体まで変わってしまうのは、あなたじゃないもんね。あなたはリカさんの可愛さが減っちゃうとか、セックスするときにおっぱいが揉(も)めないとか、そういうことで『げー』なわけね。いいなあ、気楽だなあ」

「そんないい方しなくてもいいじゃないか」

「逆ギレなんかしたら、分厚い本でぶったたいてやる」

リカは思わず笑いだし、あながち冗談ではないと知っている達也は身構えた。

「おれだって、リカの話を聞いた後で、悩んだし、苦しんだんだ。だいたい、おまえはなんでそんな意地悪ないい方するんだよ」

「意地悪なのは、たっちゃんじゃん！　リカがどんなに泣いたか、たっちゃんは全然知らないよね。たっちゃん、全然助けてくれる気ないし」

「助けないって、だれがいったよ！」

口論が夫婦間に移って泥仕合の気配を見せ、それでも達也の声に反省の響きを聞きとった正美は安堵(あんど)した。ガキンチョの達也が拗ねてみせるのは、内心ではその態度が自分に向いている証拠である。

そう思ったとき、不意に胃袋がでんぐり返るような、極めて不快な感覚にとらわれた。

（これは――吐き気？　吐き気だよね？）

もう何年も感じたことのないものだったので、束の間、わけもわからず動揺した。これって、犬も食わないという夫婦喧嘩に立ち会ったせいか？　いや、ちがう。

吐き気は、抗がん剤の副作用の一つである。ずいぶんと怖がっていたのに、実際に治療を受けたらケロリと忘れていたとは、うっかりしたものだ。

「ちょっと――お手洗いに――」

そういって立ち上がろうとしたら、腰が抜けてしまった。目の前で星がちかちかと躍っている。貧血、立ち眩み、吐き気、副作用の三点セットが来た。正美は自分なりにうろたえていたのだが、達也とリカはもっと驚いた。

「大丈夫、大丈夫。抗がん剤の副作用だから。副作用で死んだ人は居ない――多分」

正美がいうと、達也は愕然とする。

「おまえも、がんなの？」

「そうだよ。抗がん剤の治療で病院に行って、それでリカさんに会ったんですよ」

正美はいらいらといった後、よっぱらいみたいにえずいた。われながらカッコ悪いと思うのだが、体調はいよいよ悪くなる。遠くでヒロコさんがしきりと何かいった。

「救急車を呼ばなくちゃ。保険証はあるかしら。あるわよね」

「保険証、ここにあります！」

達也が、勝手に正美のリュックの中をかき回している。抗議しようとしたら、胃袋がまたせり上がった。リカが保険証を自分の小さなバッグに押し込み、達也がひょいと正美を背負った。この背中に吐いたりしたら大変だと、正美は無理にも口を閉じる。

朦朧とする中でクルマに乗せられ、かたわらからリカが懸命に「大丈夫ですよ」とか「頑張って」などと励ましてくれた。そのあたりから時間が伸びたり縮んだりして、間断なく襲ってくる目まいと吐き気に、少しだけ気が遠くなったように思う。

病院に運ばれ、点滴を打たれた。処置室は見慣れないSF映画のようにメカニカルな風景で、次第にそこが救急救命センターであることがわかった。ついでに、乗せられたクルマは救急車ではなく、時書房の営業車だったことに、遅ればせながら気付いた。達也が運転してくれたのだ。点滴は効果てきめんで、体調の悪さがうすれてゆく。そばには達也とリカが居て、若い医師に小言をいわれていた。

「抗がん剤の副作用で、いちいち救急に来られても困りますよ」

「すみません。もう、びっくりしちゃって――」

しきりと謝る達也を見て、正美はこの人を頭ごなしに怒ったことを後悔した。

7　こつこつ進む日々

抗がん剤治療のスケジュールは、二種類の薬を、それぞれ三週間に一回のペースで四度くりかえす。終わるまでには、約半年だ。ひどく長いように思えたが、店のことや、墓じまいを気にしたりして、意外に速く時が過ぎた。太陽はまだ白いが、沈むのが遅くなった。

ヒロコさんが休みの日、正美は店の飾り窓の近くに椅子を持ち出して、夕方の通りを眺めている。お客は相変わらず、滅多に来なかった。

（ああ、お金かかるよなあ……）

がん保険に入っていなかったことが、返す返すも悔やまれる。実家の片付けもしなくてはならない。だけど、無理はいけないと思う。遺品整理で自分が死んだらバカみたいではないか。遺産が少ないので節約するべきだが、業者に頼んだ方がいい。

正美は思案げに木綿の帽子の上から頭を掻き、それが不自然に滑ったので「あ」と思った。抗がん剤治療を始めてからほどなく、髪の毛が抜けてしまったのである。最初は変化がないので大丈夫だろうと思っていたら、ある朝、起きたら枕が髪の毛だらけになっていた。セミロングの髪が丸ごと抜けてしまったのだから、衝撃的な光景だった。

ウィッグを買うお金がもったいなくて、帽子をかぶっている。慣れると、それも大したことではないような気がしてきた。周囲が何かと気づかってくれるので、そのたびに冗談をいったり軽口をたたいたり、懐具合の弁解をしたりと、それなりに気をつかう。よっぽど重たい病気に見えるのだろうなあと嘆息し、実際に重たい病気なのだと思い直した。

抗がん剤治療前半の最終日には、桜が満開になった。

点滴される薬は赤色のおどろおどろしい代物で、これを使うのはFEC療法と呼ばれている。

次からは、また別の薬が使われるとのこと。副作用もまた別だろうか。

リクライニングチェアに座り、恨めしい目で一滴ずつ落ちる薬剤を眺めた。

髪の毛だけではなく、まつ毛や眉毛(まゆげ)まで抜けてしまった。吐き気と貧血は初日から現れて大騒ぎしたし、その後も口内炎が出来たり体が重苦しかったり、抗がん剤はいろいろやってくれた。体重が減ったので喜んだが、減り続けるのは気持ちの良いものではない。

「さらば、ＦＥＣ」

点滴を終えてついそうつぶやくと、看護師が一緒に笑ってくれた。

会計に向かう途中で、勢いよく肩をたたかれる。振り返ると、プラチナブロンドの髪を垂らした、アニメのヒロインみたいな若い女が居た。

「リカさん？」

呆気（あっけ）に取られる正美に、リカは麗しい髪の毛をシャンプーのコマーシャルみたいに、さらさらと手からこぼしてみせた。

「リカさんも、抗がん剤、始まったんだ？」

正美が訊（き）くと、リカは元気よくうなずく。ファッションかつらは嘘くさいと聞いていたが、ここまで突き抜けていると、自然に可愛い。いや、不自然なことは不自然なのだが、若さと美貌（びぼう）を持つ者にはプラスに働くようだ。

「髪の毛が抜けたときはショックだったけど、頭の形が意外に良くてビックリでしたねー」

外来のロビーで泣いていたときに比べれば別人のような明るさだが、ヤケ気味に見えないこともない。

「ランチ、ご一緒しませんか？」

「それは、いいわね」

反射的にそう答えたが、ＦＥＣの置き土産なのか、食欲はなかった。店の中で吐き気に襲われたら、困ったことになりそうだ。

「じゃあ、お弁当を買って、お花見しましょう」

公園には昼食を売るいろんな屋台が来ていて、リカはケバブサンドを買い、正美はおむすびとほうじ茶にした。少し肌寒い風に乗って、桜の花が舞っている。ＯＬや主婦や学生とおぼしき人たちが、それぞれの昼食を広げていた。

「病棟に遊びに行って聞いたんですけど、チビ子、まだ注射が下手くそみたいでー」

チビ子というのは、リカが病棟の新人看護師に付けたあだ名である。チビ子なる人は背丈はリカより高いし、美人で親切で礼儀正しいのだが、いかにも新人らしく仕事ぶりが未熟だ。半人前という意味を込めて、リカが密(ひそ)かにチビ子と名付けた。二人は入院の時期が重ならないものの、病棟の医師や看護師に関する無邪気な噂で、盛り上がった。

リカは三名の医師と看護師の半数に、勝手なあだ名をつけていた。

ハッシー、ぴょこちゃん、フジタトモコ、ケン兄。ケン兄のケンは、研修医のケン。ぴょこちゃんは、一番年かさの看護師で、しかし若く見えるのが自慢の人である。点滴の薬を替えながら「わたし、いくつに見えます？」と、つやつやの頬(ほ)っぺたで笑顔を作っていた。リカもやはり、同じことを訊かれたという。

「楽しいねえ」

思わず、そういった。がん友は、戦友なのだ。これだけ似ていない者同士でも、どれだけ他愛のないことでも、話しているだけで救いを感じる。

「たっちゃん、反省したみたいです。ありがとうございました」

リカは少し改まった声で、そういった。正美はおむすびの最後の一口を飲み込んで、やはり少し改まった声で訊く。

「あたしって怒りっぽいかな？　前にね、兄から、父に似てるっていわれたのよ」

「うん。少しね」

正美の父親のことは、達也から聞いているらしい。リカは笑っている。否定されなかったので、正美はいささか傷ついた。達也にキレた。兄夫婦にキレた。杉田一家にキレた。確かに、赤石洋造の血筋を感じる。

「じゃなくて、病気したせいじゃないですか？　あたしも、手術したら、めっちゃ攻撃的になった気がするもん。全身マクロファージっていうか。本能的に、自分で自分を守るしかないって感じてるんですよ、きっと」

「へえ」

「それに、メンタルのバランスもくずれてます。ときどき、意味もなく不安になったり」

それは、自分も同じだと、正美は答えた。

「ドアの把手が、元にもどらないで中途半端に下がっているのがイヤだとか……。隣が空き部屋なのに、不動産屋が郵便受けにテープを貼ってくれなくて、ポスティングのちらしが溢れてウザイとか……。やたらイライラするの」

「イライラしているようには見えないけど」

「今は、正美さんと話してますからね。がん友と居ると、ホッとするんですよ」

ああ、やっぱり、と正美は笑った。

「あたしも、いろいろ気になるんだよね。夏の古書展のこととか、墓じまいのこととか」

「ハカジマイ……って何ですか？」

リカのあっけらかんとした問いが、やけに懐かしく胸に響いた。自分もリカくらいの年齢のときには、墓じまいという言葉すら知らなかった。

「父も兄も無責任でね。父なんかいい加減なことといっているうちに死んじゃって――」

文句たらたらで説明するのを、リカは真面目な顔で聞いている。

「たっちゃんに調べてもらえばいいかも。墓地なんとか課に、友だちが居るんですよ」

それから話題は芸能人の不倫のことへと転じ、義憤を分かち合って大いに盛り上がった。副作用が現れる気配はなかった。

＊

リカに墓じまいの話をしたことを、なかば忘れて一週間を過ごした。正美は自分で調べるのさえ億劫(おっくう)なのに、墓じまいの何たるかを知らなかったリカがそのことを忘れずに夫に頼んだとも思えない。達也がわざわざ調べてくれるとも思えない。他人(ひと)まかせにすることではないという自覚はあったから、おざなりにされても腹は立たなかった。それでも、気持ちのどこかに実家の片付けと墓じまいのことをこびりつかせて、毎日を過ごしている。

「店長、それ、もしや――」

常連の老紳士が、正美の帽子を指さした後、慌ててその指をもう一方の手で隠した。眉毛は描いているが、まつ毛がないのも人相に案外と大きな変化をもたらす。そもそも、帽子から髪の毛が一筋たりともはみ出していないのだから、常の状態ではないのは確かだ。

「ああ、抗がん剤の副作用なんですよ」

「抗がん剤……」

常連は、ショックを受けている。正美は困って頭を掻(か)き、帽子がズレた。

「副作用がけっこうきついから、治療をお断りする人も居るそうなんですが、あたしは念のため受けることにしたんです。髪の毛が抜けたのは、そのおまけというか」

「なるほど――そうなんだ」

常連の老紳士は、懸命に明るい声を出す。

「七月の古書展、楽しみだね」

「はい、そうなんですよ」

時代小説の単行本を五冊も買ってくれたのは、お見舞いの気持ちかもしれない。普段は決して一冊より多くは買わない人だ。

「どうしますかね、古書展」

正美がついぼやくと、ヒロコさんは意地悪く笑った。

「昴くんに、また来てもらったらどう?」

ヒロコさんは、正美の考えていることをいともたやすくいってのける。正美が煮え切らない返事をすることだってお見通しなのだろう。そして、正美は煮え切らない返事をした。

「ずいぶんと怒っちゃいましたから、今さら来てとはいいづらいですよ」

「怒って当然よ。あの場合、何も知らない顔をして昴くんを雇い続けるのは無理だったわよ。ただねえ、怒りって、その後になって余計に問題をややこしくするのよね」

最近の正美は、まったくそのとおりだ。困ったように入口のガラス戸に視線を逸らす。

今しも店に入ろうとしていた若い女が、陽気に手を振ってくる。リカだ。次の瞬間にはドアベルが鳴って、颯爽と登場した。アニーみたいな赤毛のカーリーヘアに、レトロなワンピース、白い厚底靴を履いている。とても可愛いので、正美たちは口をそろえて褒めた。リカは、嬉しそうに鼻をツンと上向ける。

「さっき、しつこくナンパされたから、ヅラ取って見せました」

声を出して笑ってから、リカは赤いチェックのトートバッグからきれいにラッピングしたクッキーを、正美たちに一つずつ渡した。入院の際にパートを辞めたので、暇をもてあましてお菓子作りに凝り出したのだという。

「正美さん、今夜は空いてます？」

リカは勝手知ったる様子で店の奥のキッチンに向かうと、三人分のお茶を淹れた。

「たっちゃんがハカジマイのことを調べたので、正美さんにお報せしたいそうです」

「え、ほんと？」

正美は、目を瞬かせる。達也とリカが、他人の家の墓じまいのことを、覚えていて約束を守ってくれたことが意外だったのだ。

＊

店じまいの後、待ち合わせの居酒屋に行くと、店に入ろうというタイミングでリカと鉢合わせした。黒いサロンエプロンとハンチング帽のお仕着せを着こなした若い店員が、入口の脇に設えた個室に案内してくれた。客層が若いらしく、店には熱気が満ちている。つまり、騒々しかった。

「こちらにどうぞ」

おそらくそれ自体がご愛嬌である日曜大工風の引き戸を開けて、中を示す。靴はそこで脱いで、靴下のまま上がった。三畳間ほどの狭い空間の真ん中に掘りごたつがあって、達也は頬杖をついて待ちぼうけている。

「遅いよ」

「ごめん」

妻と元妻は同時にいい、リカは達也のとなりに、正美は向かい側に座った。腰を下ろした瞬間、となりの空間から「わっ」と、大きな声が上がる。壁と思しきものは実は隙間がないだけの衝立の役割しか果たしておらず、音が筒抜けになっているようだ。それでも個室の体を成しているので、正美たちが急に体調不良を訴えても人目を引かないのは助かる。

「退院してから、飲みに来るのはじめて」

本当のことをいったら、二人は驚いたり呆れたりした。

確かに、なにも、息をひそめるようにして暮らすことはないと思う。どうせなら、リカみたいに今だけの髪型を楽しんだり、それに合わせて洋服を買ったりして、面白く過ごした方が得というものだ。リカはこのときとばかりに、達也に洋服をねだっているらしい。でも、資金不足の正美は、やはりいかんともしがたい。

「正美さん、暗い顔してないで、好きなものを頼もうよ」

リカはメニューを差し出して、今日はたっちゃんのおごり、といった。正美の顔色が、現金に晴れる。女二人であれもこれもと注文し、達也は生ビールだけを頼んだ。

「どうせ、おまえたちは食べきれなくて、おれがほとんど片付けることになるんだから」

そんなことをいう達也だが、実のところは頼れる男を演じられて嬉しそうだ。

「で、墓じまいはどういう感じにしたいの？」

「どういうって？」

「何も決めてないのかよ？　まさか調べてもいない？」

図星であると悟った達也は、ますます機嫌が良くなった。若い妻の前で有能な男としてふるまうのも、インテリの元妻にものを教えるのも、達也には嬉しいのだ。

「まず最初に——。おまえさ、兄貴居るよな」

「居るよ」

リカの前なので、何をいまさら、とはいわない。

「祭祀継承者は、おまえってことでいいの？」

祭祀継承者とは、墓や仏壇を受け継ぐ人のことだと、達也は説明した。赤石家の場合は、亡くなった父から特に指定されていた者が居ないので、慣習や話し合いで決まる。

「にいさんが拒否して、おまえもいやなら、家庭裁判所のお世話になることになる」

「大ごとだわ」

裁判所と聞いて正美は驚いた。そういう場所には、骨肉の争いをするときに行く、という印象があった。

「それでも、にいさんに話してはっきりさせといた方がいいよ。後でもめると面倒だ」

祭祀継承者が正美と決まれば、墓地の使用権も交替することになる。それを墓地の管理者に届け出ることが必要だ。

「墓地の管理者？」

「おまえん家の墓は寺にあるから、管理者は寺だ。墓じまいするときにも、寺に離檀料を払うことになるんだって」

「どれくらい？」

お金と聞くと、反射的に身構えてしまう。達也は、数万円から二、三十万円と答えた。けっこう高い。胸の中が重たくなった。

「最終的に、墓をどうしたいんだ？」

「だから、墓じまいだってば」

「墓をなくしても、先祖や親の遺骨は残るだろうが。それを、永代供養墓に引っ越したいの？　だとしたら、室内墓苑ってのもあるし、樹木葬や散骨って手もある」

正美が茫然としていると、達也は室内墓苑について教えてくれた。建物の中に参拝室があり、お参りに行くと遺骨が自動的に運ばれてくる。

「運ばれてくるって？」

「なんか、ＳＦみたいだよな。おれも、実物はしらないけど」

室内墓苑は、墓碑銘が刻める場合もある。祭祀継承者が居なくなれば、永代供養にしてもらえる場合もある。

「場合もある？」

「決める前にちゃんと確認した方がいいよ。永代供養ってことがキモなんだろう？」

「うん。でも――」

実際に墓に入っている人たちのことを思い浮かべてみた。曾祖父母(そうそふぼ)、祖父母、母。当然、近々父の遺骨も合流する。全員がむかしの人だから、そういうハイカラなのは苦手そうだ。正美の感覚としても、墓は屋外にあって、風や日差しを浴びる方がいいと思う。景色の良い場所なら、なお望ましい。だったら、散骨が一番ということになりそうだが、それこそ先祖たちは大反対しそうだ。正美自身は、自分のときは散骨してほしいと思っている。

「ていうか、あたしは鳥葬希望なんだよね」

正美がいうと、達也はひっくり返った声を上げた。

「鳥葬？　あの、ハゲタカに食われるヤツ？」

「鳥に食べられたら、魂が天に昇って行きそうな感じしない？」

達也とリカが顔を見合わせている。

「それにね、食物連鎖の輪の中に入れるって、いいと思うんだ。その意味で、海に散骨ってのもありだな。マリンスノーになって、クラゲに食われるの」

「正美さんの墓じまいは、食べられたいってのがテーマ？」

リカに訊(き)かれて、正美は慌てて両手を振った。

「それは、あたしの個人的な願望だから。うちの先祖は、普通に供養してもらうのがいい」

「だよね」

達也とリカは、あからさまに安堵(あんど)している。

「だったら、永代供養墓か樹木葬だな」

「樹木葬か。――それって、永代供養のオプション付き？」

「多分ね。どっちにしても、見に行って決めるだろう。そのときに、確認してな。これ、墓の引っ越しにかかる費用の種類ね」

そういって、達也はビジネスバッグからA4判のコピー用紙を出した。引っ越した先の墓の使用料と管理料、元の墓の法要（御魂(みたま)抜き）にかかる費用、元の墓を処分し更地にする費用、引っ越し後の法要の費用、事務手続き費用――費用ばかりで目まいがしそうだ。

「それに加えて、さっきいった離檀料ね。強制ではないらしいけど、払った方が無難だろう」

「離檀料は、数万円から二、三十万円っていったよね……」

正美は恨みがましい低い声で、金額をいった。

「吹っ掛けられる場合もあるそうだから、要注意だ。それから、新しい墓に入れてもらうのもタダじゃないからね。樹木葬だと二十万円から百万円というところらしい。それ掛ける埋葬される人の人数分だから、おまえのところは結構居るよな」

「一人二十万円だとしても、百二十万円だ……」

両手で胸を押さえる正美を見て、達也は同情したような声で付け加える。

「永代供養墓だと、少し安くなるみたいだよ。さっきもいったけど、屋内の納骨堂タイプとか、ロッカーみたいになっているとか。目立つところに、どーんと仏像があって――」

正美は、曖昧に「ふうん」といった。頭の中では、樹木葬にロックオンしている。雨に当たり、花が咲いて、風に吹かれる中で「今日は寒いな」だとか「暖冬だな」とか、魂になった人たちが呑気に話しているようなのがいい。仕方のないこととはいえ、先祖代々の墓を終わらせるのだから、できる限りは先祖にサービスしたかった。人間が死んで無になるのなら、それでもいい。正美の自己満足に過ぎなくても、樹木葬がいい。

こちらの気持ちが固まりつつあるのがわかったのか、達也の説明は実際的な項目に戻る。

「まず最初に寺から書類を出してもらうこと。ただし、寺は役所とはちがうから、やんわりと事情をいってな。いずれ祭祀継承者が居なくなるから、墓じまいをしなくちゃならないって。最後の祭祀継承者の自分ががんになって、墓じまいは避けられないって思ったって」

「うん」

達也はこちらの意図がわかっていたのか。いや、普通はわかるか。正美はウーロン茶をすする。

「ヒイじいさんが東京の人間になって以来、寺と墓地は家族の拠り所だった。墓参りするのが好きだった。だから、本当は残念なんだって」

なんで、そんなことまでわかるのだ？　という目で、正美は達也を見た。

「短い間だったけど、おまえの家族だったこともあるんだから、それくらいわかるよ」

「ふうん」

ありがとうなのか、よけいなおせわなのか。

こんなに調べてくれたんだから、ありがとうというべきなのだろう。ほんの短い間、リカが鋭い目で達也の横顔を見上げた。達也はそれに気付かず、Ａ４の紙をもう一枚よこす。

「これが、これからおまえのすることだから」

そこには、とても面倒くさいことが箇条書きに記されていた。

先祖の遺骨の引っ越し先――永代供養墓をさがす。

引っ越し先の墓地の管理者から『受入証明書』を発行してもらう。これはウェブからダウンロードできる場合もある。

寺の管理者から『埋蔵証明書』を発行してもらう。

元の墓がある市区町村の役所に『埋蔵証明書』と、捺印した『改葬許可申請書』と、引っ越し先の管理者に発行してもらった『受入証明書』を提出する。『改葬許可証』を発行してもらう。

寺や石材店に相談して遺骨を取り出し、法要と墓石の解体をしてもらう。墓地は更地にして返すこと。

遺骨の引っ越し。法要してから、納骨をする。

「大変だあ」

息を詰めて読んでいた正美は、愕然とつぶやいた。達也は同情のまなざしをくれる。

「治療が終わってからにしたら？」

「状況が悪化したら万事休すだから、早い方がいいのよ」

正美はつい悲壮な顔つきになっていて、それを見たリカが慌てて明るい声を出した。

「たっちゃーん、リカ、馬刺したべたい」

「おお、頼め、頼め」

達也は呼び鈴を押し、さらにもう一枚のＡ４用紙を取り出した。東京と近郊にある永代供養墓と樹木葬の墓地が、一覧になっている。

元気よく登場した店員に馬刺しを注文し、リカは手洗いに立った。正美はリカが座っていた小さな座布団を見つめ、それから達也に目を移して、しみじみといった。

「ありがとうね。本当に恩に着る」

達也をこんなに頼もしいと思ったことは、かつてない。軽薄な男だとばかり思っていたが、きちんと人生を歩んできたのだ。正美は、俳優並みに整った元旦那(だんな)の顔をじっと見た。

「な――なんだよ」

「あんたも、社会人なんだなあと思って」

「当たり前だろう。これでも、今年で四十五だからな」

憤慨と自慢と諧謔(かいぎゃく)が等分に混ざった声でいい、ふと真顔になった。

「おれもうちの墓のことを、どうしようかって考えていたところだったんだ」

「遠藤家も永代供養にするって意味？　どうして？」

「子どもができると思っていたけど、リカが病気になって先のことがわかんなくなったし」

「でも、子どもは普通にできるでしょ。抗がん剤治療の後で、ホルモン療法するの？」

「そうだって、聞いた」

ホルモン療法の期間中は、妊娠はできない。十年も続くことがあるほど時間のかかる治療だ。

「それが終わったら、普通に生理がくるんだよ。リカさんは若いから、間に合うよ」

「そうなんだけどさ――」

生理という言葉を普通に受け止められるようになっただけでも、達也は変わった。正美と夫婦だったころは、生理などと口にするのは、すこぶるはしたないことだと考えるような男だった。生理痛がひどいときなど、それでよく喧嘩（けんか）になったものだ。

「でも、状況が悪化したら万事休すだって、おまえもさっきいったじゃん」

「いったけど……。でも、人生ってだいたいそんなものだよ。例えば、交通事故に遭うかもしれないからって、子どもを作らないなんて考える人はいないでしょ？」

達也は空っぽになったジョッキを持ち上げ、少しためらった後で店員を呼んだ。

「もうあいつの体に負担を掛けたくないんだ。できていない子どもより、今そばに居る妻を大事にしたいわけ」

「あー、感動的」

正美のいい方がやっかみに聞こえたのか、達也は素直に「ごめん」と謝った。

「じゃなくて。それを、リカさんにもいった方がいいよ。あんたがいったのって、告知された後の『げー』だけでしょ」

「蒸し返すなよ。反省したんだから」

「反省した後も情報更新はされていません。きみだけが大事だと、ちゃんといってください。――あたしら、けっこう、孤軍奮闘してるの。孤独なの。そういう一言が嬉しいから」

達也はしばし黙った。

(今のは、まずかったかな)

おまえも孤軍奮闘して、孤独で、そういう一言が必要なのか。そういわれると困ったなと思ったけど、達也は思案の後で「そっか」とだけいった。

8　珍事件

兄に連絡をした。祭祀継承者のことで、達也に「確認しろ」と釘を刺されたためだ。兄の携帯番号に掛けたが、解約されていたので面食らった。携帯を変えたのなら、番号くらい教えてほしいものだ。いや、むかしとちがって、携帯電話を新しくするのに電話番号まで変える人が居るのだろうか。

気を取り直して自宅に掛けたが、解約されていた。それで初めて、いやな予感を覚える。

急いで兄が経営する内装会社の番号を探した。変な動悸がして、スワイプする手が震えた。何度も別の番号を表示させてしまい、慌ててやり直したあげく、ようやく掛けたのにやはり出ない。

かたわらに置いたマグカップの紅茶をがぶりと飲んで、気を取り直してもう一度掛けた。

三十回も鳴らして、ようやく受話器がはずされた。ひどく暗い女の声が応じる。

「赤石内装、藤岡と申します」

「もしもし——赤石正行をお願いします」

憮然とした沈黙の後「失礼ですが、どちらさまですか」と訊かれた。

「赤石、正美です。妹です」

電話の相手は声色を和らげたが、それでも居丈高に「ご用件は？」と訊いてくる。

「実家の祭祀継承者のことで確認したくて。わたしが務めていいですね、ってことで……」

正美はバカ正直に話しながら、会社の部下にそこまで打ち明ける義務があるのかと思った。

「ご伝言は、社長が参りましたら、確かにお伝えいたします」

受話器を置こうとしたので、正美は慌てて声を高くする。

「あの——何かあったんでしょうか？」

ためらいの後、藤岡女史はいった。

「会社が倒産いたしまして」

「ええ？」

父が亡くなったときよりも驚いた。あまりにも驚きが強いと、正美はむかしからの癖で、それが活字の中の出来事のように思えてしまう。しばらく唖然とした後で、慌てて訊いた。

「で、兄は？」

「ただ今、ちょっと連絡がつかず――」

「で、あなたは？」

「わたくしは今、私物を片付けるため、一時的に会社に来ております」

だったら、伝言などできないでしょう？　それなのに、こちらの事情を問いただす意味があったの？　今度こそ文句をいおうとしたら、相手は「すみません、失礼します」と暗い声でいって受話器を置いた。

「もしもし、もしもし、兄は今、どこに――」

早口に訊いたが、通話は切れてしまっている。

（どういうことよ）

確かに、父の葬儀で上京した兄夫婦は、異様にお金に固執していた。会社が倒産するほどだから、よほど困っていたのだろう。正美は腹を立てるべきか、案じるべきか、遺産をもらえず暴言を吐く兄を罵倒したことを後悔すべきか、わからずに混乱した。

兄との共通の知り合いに次々と電話してみたが、だれも詳細も行方も知らなかった。反対に、兄の倒産について説明を求められたり、兄から借金を申し込まれたという苦情を聞かされたりした。結局のところ、何の情報も得られなかった。

気を取り直して、遅れてしまった朝食の支度をする。トレイを持って来て背もたれにしているベッドの側面に寄りかかり、トーストにマーガリンを塗った。かたわらにおいた新聞に目を落とすと、編み目のように広がった活字に、視線が引っかかった。

「ん？」

目を凝らした先は、訃報欄だった。そこに『杉田よし子』の名前を見つけて、正美は動作を止める。瘦せて小さな姿が目に浮かんだ。

（あのおばあちゃん、死んじゃったの？）

きまりが悪いなどと思うより早く、昴のスマホに電話をした。兄のときとは正反対に、すぐに通話がつながった。正美は名乗るのもそこそこに、早口で問う。

「もしもし。今、新聞見たんだけど、おばあちゃん、亡くなったの？」

は、はい。と、相変わらず、昴はおどおどしている。

「お葬式は？」

昴は聞き取りづらい声で「おとうさんに代わります」といった。大人なら、こういうときは「父」といおうよ、と正美は内心で小言をつぶやく。

電話口に出た杉田は、息子と同じくらいおどおどして「先日は申し訳ありませんでした」と口ごもる。正美の問いには、「一昨日、心不全で」亡くなったと、小声で答えた。奇しくも、正美の父と同じ死因である。

――あの……お気遣い、ありがとうございます。葬儀は、その……家族葬にしました。

人付き合いも少ないし、経済的にも余裕がなくて、と杉田は弁解するようにいう。

「ええと、お墓ですけど」

杉田家の墓がないのは、わかっている。そのために、父は墓碑を作り替えたり、昴を時書房によこしたりしたのだから。今となれば、父の算段に対する憤慨は消えていた。

「よろしければ、永代供養墓を見に行きませんか？　あたし、うちの墓を、樹木葬に替えようと思ってるんです。それで、杉田さんもどうかなって思って。――一時金二十万円くらいから、永代供養をしてもらえるそうなんですけど」

杉田は沈黙の後「二十万……」と、つぶやいた。父の用立てた百万円が、いつまでも残っているわけはない。収入がなければ、二十万円は痛すぎるダメージだ。余計なお世話だったかなと思っていたら、杉田はようやく言葉を発した。

――そうですね……ご一緒させてもらっていいですか……。

「じゃあ、日取りを決めたら連絡します」

通話を終えるころには、トーストは冷めて固くなっていた。

杉田家のことは意識の底に澱（おり）のようにたまっていたので、友好的に話せたことで気持ちが軽くなった。それで兄の会社の倒産について失念してしまったのは、能天気なことではあった。

＊

兄のことを思い出すのに、時間も苦労も要らなかった。正美が少し遅れて時書房に出勤してから、ものの五分もたたないうちに、兄の方から現れたのである。

ドアベルがいつになく乱暴な音をあげ、顔を上げたら兄と兄嫁が居た。二人はめいめいのスーツケースを持ち、いくぶんやつれている。

正美は面食らい、いろんな質問がのど元にせりあがった。それを一言すらいう間も与えず、兄夫婦はそろって正美に深々と頭を下げた。

「正美、頼む、この店を売ってくれ」

「売るって――」

正美は意味が呑み込めず、茫然と二人の顔を見る。

「だって、おにいちゃんの会社、倒産したんでしょ？　この店を買うお金なんてあるの？」

「そうじゃなくて」

兄嫁がいらいらといい放ち、兄が腕をつかんでなだめた。

「そうじゃないんだ、正美。この店を売却して、その……、お金をちょっとおれに回してくれ。いや、ちょっとじゃなくて、すまないが売った金を全部こちらによこしてくれ」

兄は無茶苦茶なことをいい出した。あまりに無茶なので、こちらはかえって冷静になった。冷静な声と態度で一言、「無理」と答える。

「おい。伊達や酔狂で、おまえなんかに頭を下げるとでも思うのか！」

「正美さん、あなたには人の心ってものがないの？」

兄夫婦は豹変する。

（おまえなんかとか、人の心がないとか――）

赤石正行という人は今まで一度でも正美や君枝のことを思いやったことがあるのかなと思い、同時に自分も兄のことを思いやったことがないと気付いた。ともあれ、どこをどう無理しても、正美は優しい気持ちにはなれなかった。

「ごめん、ここ賃貸だから売れないんです」

賃貸という一言が、毒薬のように兄夫婦には効いた。

「そんな、ひどい……」

二人はそろってよろめくように後ずさる。正美はもう一度「賃貸なのよ」と念を押した。無念や恨みや絶望をたたえた二対の目が正美を凝視し、それは殺気をはらんでさえいた。

「おはようございます」

陽気な声が店内に響いた。もの問いたげなヒロコさんが戸口に居る。

「………」

兄夫婦は互いの顔を見合い、それから逃げるようにして店を出て行った。もはや一言も発せず、同じ動作でスーツケースを転がして去る姿は、異様な感じがした。

「どうしたの？」

ヒロコさんは無邪気を装っている。正美は兄への電話連絡から始まった顚末（てんまつ）を説明した。

「店長も大変だわねえ」

同情されたが、正美の大変さはそこで終わったわけではない。午後になって、小野寺弁護士から電話があった。父が遺産のことで依頼していた人だ。

――念のため、正美さんにもお報（しら）せしておきます。

小野寺氏の声は冷静だが、正美は隠しきれない憤慨の響きを感じ取った。

――さきほど、おにいさんがお見えになりました。遺言の変更のことで――。

「父はもう亡くなってるから、変更のしようがないでしょう？」

──そのとおりです。

小野寺氏が前歯の間から息を吸った音が、かすかに聞こえた。

──正行さんは、君枝さんが入所している施設への寄付をやめて、自分の方に回してくれないかとおっしゃいまして。

「え」

兄夫婦は、小野寺法律事務所のオフィスに押し掛けて、そんな無理をいった。気持ちはわかるが（いや、わからないが）、自分の主張が容れられると兄が少しでも思ったのだとしたら、まったく驚きである。……事実、思ったのだから、驚くよりほかにどうしていいのか、正美は思いつかなかった。

小野寺弁護士は兄の要求が通らないことを説明し諭した。法律とは、人間が社会生活を営むための最低限のルールなのですよ。

そこをなんとか。そこをなんとか。そこを……。

兄は土下座した。兄嫁は泣き出した。まるで芝居の愁嘆場のようになり、法律事務所の広くない空間は変なエネルギーで沸騰した。

「す──すみません！　申し訳ありません」

正美は顔から火が出そうになり、電話機を耳に当ててだれも居ない方向にお辞儀を繰り返した。小野寺弁護士は寛容な声で、午前中のヒロコさんと同じことをいう。

――正美さんも、大変ですね。

そして、不穏な一言を付け足した。

――おにいさんには、納得していただけなかったようです。

＊

兄が来た十日後、正美は都内の霊園を訪れた。約束どおり、杉田が同行した。杉田は相変わらずいたたまれないような様子だが、それでも面持ちが明るかった。

空は曖昧に曇り、空気は澄んでいる。ひっそりとした風が吹いていた。満開の紫陽花を見て、正美は季節の移ろいが早いといい、杉田も同意した。

墓には、荒ぶる人は居ないだろう。埋葬されている人には、という意味だ。どんな人生を送っても、終わったときには安らぐことになっている。それが人間の決まりだ。だから墓地という場所にくれば、生きている者も気持ちが落ち着くのだ。――そう考えたことに、正美は満足した。いや、安堵したというべきか。正美はこの場所がいいと思った。

樹木葬の墓地があるという理由で訪れたここは、宗教不問の民営霊園だった。

民営霊園というのは、法人により運営されている。法人ではなく自治体が管理するのが公営霊園で、費用が安い傾向にある。が、都内で樹木葬ができる公営霊園は少なく、募集の時期や人数や条件が決まっている。狭き門なのだ。

正美はお寺の墓地しか知らないし、杉田はそもそも墓地には縁のない暮らしをしてきたので、二人とも広大な霊園の中で何度か迷った。ここは樹木葬や永代供養墓ばかりではなく、敷地の多くを各家の墓が占めている。墓石の並ぶ風景は似通っているので、まるで迷路の中に居るような気がした。

「奥さんのお墓は？」

そうなのだ。杉田家でも亡くなった人は居る。おじいちゃんと奥さんは、どこに眠っているのだろう。

「お寺の納骨堂に置いてもらっていまして」

「じゃあ、おばあちゃんもそのつもりで？」

やっぱり自分は、余計なことをしてしまったのだろうか？　正美の表情を読んで、杉田は慌ててかぶりを振った。

「わたしも、本当はこういうところがいいと思っていたんです」

景色を見渡して、杉田はいった。芝生があって、花壇があって、公園みたいな場所だから、いつもだれかしらがお参りに来ているようだ。迷った後で辿り着いた樹木葬の墓地には、バラやライラック、百日紅、金木犀、椿など、季節ごとに花を付ける木が植えられていた。草花の花壇も手入れが行き届き、美しさに加えて、美しさを保つ熱心な気持ちが伝わってくる。

「母がここに来ることになったら、いずれは父や家内も連れて来ようと思うんです」

両親のことも、妻のことも、杉田はまるで生きている人のように話した。いずれはというのは、すぐに遺骨を移すだけの費用がないからだろう。正美は管理事務所からもらったパンフレットに目を落とした。

合祀型樹木葬にかかる費用は、五万円から二十万円。これはシンボルツリーのもとに、他家の遺骨といっしょ埋葬するという形である。各家の墓碑を樹木に替えるというのが集合型と呼ばれる埋葬で、これは一人の遺骨につき十五万円から六十万円が必要になる。自分だけの墓に入りたい個別型は、一本の木を自分一人の墓標として専有できて、費用は二十万円から八十万円ほどだ。

赤石家は、先祖代々の引っ越しだから、集合型になる。

「うちも、ここにしていいでしょうか」

杉田は控え目な態度でいった。

「杉田さんも決めましたか」

「はい」

合祀型にすれば、予定より安く済みそうなので、杉田は嬉しそうだった。

「よし子さんの近くに居られて、父も喜びます」

「そうでしょうか」

杉田は自分が歓迎されたみたいに、はにかんだ。その様子を見ながら、ことによると、よし子は本当に父の愛人だったのかもしれないと思った。成人男女の生々しい恋愛ではなく、充分な距離を保ってペコリとお辞儀する程度の、淡白な愛情だ。およそ自分以外の者に親切になどしたことのない父にとって、杉田よし子という老婦人は自然な気持ちから、大切にしたい相手だったのだろう。そう思っても、今はいやな気持ちにはならなかった。

帰路はクルマで来ていた正美が、杉田の住まいまで送った。

母親を埋葬する場所が決まって安心したらしく、杉田は多弁になった。子どものころに母親が作ってくれたご馳走のこと、服を縫ってくれたこと、運動会のときに作ってくれたお弁当のこと、クリスマス飾りをもらったことなんかを、ぺちゃくちゃと話し出す。

「クリスマスツリーを買ってくれるものとばかり思って、わたしは喜んだんですよ。ところが、おふくろが自慢げに出して見せたのは、ちっちゃな飾り一つだけなんです」

よし子自身がよく内職で作っていたような、手芸モールでできたサンタクロースの人形だった。杉田はずいぶんとがっかりしたらしい。昴が生まれて妻が亡くなり、よし子は母親の分まで奮闘した。奮闘という言葉は、杉田家の人にははなはだ似合わないけれど。

「母の手作りのドーナツや、お萩や、稲荷ずしが懐かしいんです。もう食べられないんだなって思うと、むしょうに懐かしいんです」

正美には、杉田みたいに親を褒める言葉は浮かんでこない。正美は決して人間嫌いではないが、家族は嫌いだ。正美が子どものころから、赤石家の人間はだれも幸せそうではなかった。大人になり、自分が離婚してしまったことで、正美は幸福な家庭を持つことを断念した。

「結婚しても幸せでいられるって、あたしには奇跡のように思えるんですよねえ――」

「わたしは、幸せでした。妻は若死にしましたが、結婚してよかったと思っています」

若死にしたからってこともあるよ。正美はそんな憎まれ口を飲み込む。

「あたしが家族の悪口をいったら、さぞかし感じの悪いヤツだって思うでしょうね」

「家族にも、いろいろありますよ。幸せになるには、距離感が必要なんです。親子でも、別の人間ですから。水臭いくらいが、ちょうどいいんです。そうはいっても、うちは狭い団地だから、物理的な距離が近いので――わたしが失業してからは大変でした」

そういってから、杉田は正美の横顔を見た。

「実は、午後から面接なんです。今日こそは、合格しそうな気がします」

正美も顔を助手席の方に向ける。杉田はやっぱりしょぼくれているが、明るかった。

「がんばってください」

「昴は今、コンビニで働いています」

正美さんのおかげです、と杉田は付け加えた。

「あたしは、何も――」

あたしは何もしていない。むしろ、追い出したひどいヤツだ。しかし、正美が直面した現実は、今になって思い返しても怒って当然だった。しかし、昴は追い出されるようなことをしただろうか？　しかし、正美にとるべき手段はほかにあったか？　しかし、昴が居なくなって店が困っているのは事実である。

昴に戻って来てほしいと、杉田の口から伝えてほしい。でも、いえなかった。昴が時書房に来たのは、正美の父に強制されたためだ。自力で見つけた職場で働いているのなら、その方がいいに決まっている。

団地に着いて、杉田をおろした。

「面接、ファイトです」

友だち同士のようにガッツポーズを見せて、正美は笑った。

「昴くんに――」

分別とは関係なく、口が勝手に動いている。戻って来いというつもりか？

「仕事、がんばってと伝えてください」

「ありがとうございます」

それ以上、杉田は何もいわなかったので、正美は落胆したし、安堵もした。

＊

抗がん剤治療は後半に入り、ドセタキセルという薬剤に切り替わった。これを四回投与するのである。副作用は軽くなるのか重くなるのかわからないが、ともかくビクビクものだ。外来の廊下で、リカと出くわさないかキョロキョロしたのだが、見つけられなかった。がん友のリカに不安を打ち明ければ気持ちが晴れると思ったのだが、そうそう奇遇が重なるものでもない。さりとて、診察日を合わせるほど、子どもっぽいこともしたくない。

心細さを抱えながら、いつものリクライニングチェアに座った。怖さの対象である薬剤が一滴一滴と落ちるのを眺めているうち、不思議なことに気持ちが落ち着いてゆく。

昨夜、区役所のウェブサイトから『改葬許可申請書』をダウンロードした。

達也に調べてもらった墓じまいのプロセスを頭の中で反復し、億劫になったり面倒くさく思ったりしているうちに、点滴は終わってしまった。困難をやり過ごすには、別の困難に集中するというのが、なかなか有効らしい。

帰り道、クルマを運転して武蔵野市の白楽寺に向かった。『埋蔵証明書』を発行してもらうためだ。住職がわざわざ対応してくれたので、正美はひどく恐縮した。曾祖父の代から続いた縁を切りに来た正美は、それだけで負い目がある。達也からは、「穏便に、やんわりと」と釘を刺されていた。正美の気の強さを案じるだけではなく、菩提寺側が感情的になるのを心配していたのだ。

しかし、住職は拍子抜けするくらい理解があった。

「これまでお寺を支えてくださって、ありがとうございました」

正美の帽子を見ている。そうだな、この姿を見たら、こちらの事情も察してもらえるだろう、と正美はわが身に憐憫を覚えた。同時に、いよいよ墓じまいに向けて動き出してしまったことを、実感した。怒っていた父、優しかった祖父、会ったことのない曾祖父に謝りたいという衝動にかられた。住職はそんなこともお見通しみたいな、分別のある深い声で話す。

「いろんなことが、今までになかった形に変ってゆくのでしょう。先祖の供養もまた、これまでとは別の方法になるのも、必然的なことかもしれませんね」

こちらの立場を代弁してくれる住職の言葉は、感謝と不安を抱き込みながら胸に広がった。変わるのは、墓の事情だけではない。正美の周りだって同様だ。本を求める人が減ることで、市場に出回る本が減っている。読書の形も、書物との付き合いも、その有無も、これまでとは様相を変えてゆくだろう。

「墓石の御魂抜きの法要をしなくてはなりませんから、お墓の引っ越しが決まったら日取りを教えてください」

「はい」

恐縮し通しで小さい背丈がますます小さくなるような心地で、参道をとぼとぼと歩いた。両親と兄と姉と五人で、ここを通って墓参りに行った。自分のはいた小さなサンダルが、ぴこぴこと鳴っていたのを思い出した。

「…………」

不意に涙がこぼれたので、驚いた。ドセタキセルの副作用で鼻涙管閉塞になっていたのかもしれないが。

*

翌朝一番で——遺品整理業者の横山氏と待ち合わせをして、九時に実家に着いた。

せまい歩道と片側二車線の道路に、警察車両と制服私服の警察官が入り乱れて、ものものしいことになっていた。今や無人となった赤石家の前を、警察官たちがしかつめ顔で往来している。

離れた路上にクルマを停めて、正美はおそるおそる家に近付いた。その目の前を、制服の警察官たちに両脇を押さえられるようにして、中年男女が歩いて行く。

「おにいちゃん？」

連行されているのは、兄と兄嫁だったのだ。

正美の声に、兄夫婦、そして両脇を抱える警察官たちがこちらを見た。兄から返ってきたのは、暗くて恨めしそうな、まるで地獄の犬のようなまなざしだった。

いったい、何が起こったのか？

「驚きましたねえ。おたくに泥棒が入ったんですよ」

背後から声をかけられた。

小柄な正美と大して背丈の変わらない、しかしとても元気そうな男が眉をひそめていた。遺品整理業者の横山氏だ。兄と同年配で同じく零細な会社の経営者だが、こちらは対照的にいたって元気な様子である。今日、実家の遺品整理の見積もりのために、ここで会う約束をしていたのだ。

横山氏には常のことで、早めに来て正美を待っていた。そして、留守であるはずの赤石家の玄関ドアをこじ開けようとしている、怪しげな男女を見つけたのである。男が不器用に鍵穴に差し込んでいるのは、ピッキングの道具のように見えた。以前にも留守宅を襲う泥棒と出くわしたことのある横山氏は、ためらうことなく警察に通報したという。

まずは制服の警察官が二人、到着した。彼らが玄関と勝手口を固めている間に、すぐに応援も来た。泥棒は、目的を達する前に身柄を確保されることとなった。それと同じタイミングで、正美が到着したというわけだ。

「犯人の顔を見ましたか？　悪そうな顔をしてましたよねえ。女連れで泥棒なんて、呆れたものです。夫婦なんでしょうか？　ほんとにまあ、呆れた夫婦も居たものです」

正美は狼狽と混乱で、息切れがした。

「あの――今日の下見と見積もりなんですけど、延期してもらっていいですか？」

「もちろん、もちろん」

良いことをしたという満足感で、横山氏の丸い頰は輝いていた。次回の予定を連絡してほしいと告げて、いそいそと帰って行く。

横山氏を見送っていると、再び背後から声を掛けられた。制服を着た警察官が、親切そうだが厳しい表情でこちらを見ている。正美はいよいよ慌てて「はい、はいは

「この家の方ですか？」

い」と何度もうなずいた。

「おまわりさん、じ、実は——ですね」

本当のことをいうのをためらったのは、恥ずかしかったからだ。

「あの泥棒——うちの兄なんですけど」

そう告げると、相手の顔色が変わった。

＊

警察署の応接セットはオンボロで、麦茶は味がしなかった。刑事がその麦茶をうまそうに飲むのを、正美は見つめる。小さな手で小さなひざを抱えて、正美は叱られた子どものように縮こまった。いや、これはかつて正美が警察に突き出した万引き小僧たちの親の心境、とでもいうべきか。

「兄は若いころに家出をして、札幌で起業して、その会社の経営が悪化してたみたいで……。以前、わたしも借金を申し込まれたことがあるんですが、こちらも余裕がないので断ったんですよ。そのころ父が亡くなりまして……。父の遺産はあまり多くないんですが、ともかく兄には残さなかったんです。その後、兄の会社が倒産して——」

刑事はてのひらを上向けて、麦茶をすすめた。

「それで――」

兄は何歳で家出したのか、何の会社を経営していたのか、倒産の事実を知ったいきさつについて、家族の年齢、父の亡くなった日付や死因など、繰り返し尋ねられた。とかく同じ問答というのは苦手だが、今はそれを厭う余裕すらない。

「実家に忍び込んだとはねぇ」

刑事はそういってしめくくり、正美を解放した。時計を見たら、昼に近い。話した内容は少ないが、ずいぶんと時間が経っていた。

警察署の広い出入口に置かれたソファで待っているようにいわれ、そこで兄夫婦と会うことができた。付き添って来た警察官が立ち去ると、兄嫁はとたんに正美に食って掛かる。

「通報したのは、あなたでしょう！」

「あたしじゃありませんけど、それより、ピッキングまでして忍び込むのはどうかと――」

「自分の家に帰って、何が悪いのよ。あなたこそ、一円も助けてくれないなんて、それでも血の通った人間なの？」

警察沙汰に巻き込まれた時点で多くのエネルギーを消耗した正美は、この人と議論する元気は残っていなかった。兄は声を出してすすり泣いているし、まるで絵に描いたような修羅場である。この夫婦と居ると、どうしてこんなことになってしまうのだろう。正美は、ひどくうんざりしている。

兄嫁は甲斐甲斐しく夫の背中を撫で、正美に再び鋭い視線をよこした。

「正美さん、あなた何かいったらどうなのよ!」

「やめてくれ。もうこんなの、いやだ」

兄は嗚咽混じりの低い声でいった。正美は片方の頰をチクリとゆがめる。いやだといっても、あなたがしたことでしょうに。そういいたかったが、言葉がのどから先に出てこなかった。玄関なので冷房の効きが悪く、帽子の中がやけに蒸れた。昨日から始まった新しい抗がん剤治療の副作用なのか、からだはだるいし節々が痛み出す。そんな状態を持て余して黙り込む正美の姿は、せっせと口を開くより迫力があったようだ。

泣き止んだ兄は、仰天する行動に出た。立ち上がり、正美に向かって頭を下げたのだ。

「正美、迷惑をかけて申し訳なかった」

「はい?」

今度は何の罠? 罠じゃないの? この人は本気で謝ってるわけ?

(うっそ……)

これまで生きてきて、兄に謝られたのは初めてだ。正美は笑顔になろうとしたけど、顔が引きつって実に奇妙な表情になる。一方、兄嫁は憤然と高い声を上げた。

「あなた、何をいっているの。なんで、こんな冷血女に謝るのよ！」

「もう、おれの妹を悪くいうな」

兄は特に声を荒らげるでもなく、妻に向かっていった。

「こいつには、迷惑のかけどおしだ。こんなことまでしてしまって、恥ずかしい兄だ」

「おにいちゃん――ええと――そんなことないよ」

正美は、つい優しい声が出た。実際、兄は少年時代から意地悪な人だった。家で何が起こっても知らぬ存ぜぬを決め込み、あげくに泥棒騒動である。さっきまで、同情なんて死んでもできないと思っていた。それなのに、優しい言葉ひとつに、まるで化学反応みたいに気持ちが変化するとは――。

「おまえも、必要経費しか遺産をもらえなかったのにな。家のことは、ただ働きみたいなもんだよな。からだがきついときに、何もしてやれなくてごめんな」

「いいよ、そんなこと」

本当にいいのか？

「おれたちは、もう大丈夫だから」

本当に大丈夫なのか？――でも、どうやら、大丈夫みたいな顔になっている。

兄の急な変化は、警察に連行されたショックが原因だったらしい。経営不振から倒産に至った精神的ダメージが、警察の取り調べを受けたことでリセットされた。なぜなのかは、正美にはわからないのだが。

気勢をあげていた兄嫁は、夫の態度が変わったことで、いたっておとなしくなってしまった。この人は、基本的に夫婦は一心同体であるべきという信条がある。決して、夫には逆らわないのだ。そういうところは、性格はちがうものの、正美たちの母親に似ていた。男は母親に似た女を妻にしたがる——というのは、真理かもしれない。

兄夫婦はそれ以上の悶着(もんちゃく)を起すことなく、札幌に帰って行った。

9　ある晴れた日に、墓じまい

「兄は自己破産したそうです」

相変わらずお客の居ない時書房の午後、正美は帳場に置いた古いノートパソコンを見ながらいった。兄からメールが来たのだ。

「自己破産したらどうなのかって、わかんないんですけど」

「それはね」

ヒロコさんがお茶を淹(い)れてくれる。昨日、近所の茶舗で奮発して買った百グラム二千円の八女(やめ)玉露だ。

「美味(うま)いなあ。日本茶というのは、どうしてこんなに美味いんでしょう」

「店長って、サイダー飲んでも、お子様せんべい食べても、同じこというわよね」

そういってから、「それはね」の続きを教えてくれた。

自己破産とは、債務者自身が申し立てた場合の破産のこと。

破産とは、借金があるのに返せない人の財産を、債権者で平等に分けるための制度だが、実は借金した人の方が有利といえないこともない。債務者は、借金を踏み倒せるのだ。裁判所から破産が認められれば、借金は消えてしまう。

「それって、ずいぶん虫がいい話じゃないですか」

「制限もあるんだけどね」

破産した人は、いろんな資格が停止される。会社経営ができないのも、その一つだ。

「でも免責処分ってのがあるのよ。それが決定すれば、また新しい会社が始められるわけ」

「つまり、借金を棒引きにしてもらい、何の権利も失わないわけですか？　だったら、最初から自己破産したらいいじゃないの」

「でも、世間体もあるし、信用なくすし――実際には難しい問題なんじゃないかしら」

二人で考え込んでいたら、開けっ放しの引き戸からお客が登場した。覚えのある人に思えてこっそり首を傾げていたら、その人はまっすぐに帳場の方にやって来た。

「わたし、令和万葉文学賞事務局の滝尾と申します」

「万葉……文学賞……」

耳慣れない名前だ。不勉強を恥じるべきか、不審者が登場したと怪しむべきか。

「おとうさまのご葬儀のときに、お目にかかりました」

名刺を差し出された。そこには万葉とか文学賞ではなく、金鶏出版、書籍出版部、次長という肩書が記されていた。――次長というわりには、滝尾という人は若く見えた。それだけ有能なのだろう。出版社の名前と相まって、正美は仰ぐように滝尾を見つめた。

「うちの会社、ご存知でしょうか」

滝尾の目が笑っている。正美は勢い込んでうなずいた。

「それは、もちろん」

金鶏出版というのは、規模は小さいが老舗の出版社だ。戦前から昭和中期にかけてのマイナーな作家の本をよく出していて、正美も高校生のころから好んで買っていた。現役の作家では、寡作の人の渾身作やメジャーな作家の異色作など、読書家には面白い本が多い。当然、時書房にも金鶏出版の刊行物がそろっている。

その金鶏出版の人が、父の葬儀に来ていた。改めてそう思うと、父にささやかな嫉妬を覚えた。

「如月武蔵さん――赤石洋造さんが『さわらび』で発表した『私の灰被り娘』が、令和万葉文学賞で金賞を受賞なさいました。おめでとうございます」

「…………」

正美が唖然としているので、滝尾は言葉を足した。

令和万葉文学賞というのは、金鶏出版が主催しているアマチュア作家を対象にした文学賞である。プロになるための新人賞ではないが、この賞をきっかけにして文筆業に入った作家もいる。

父は例の武蔵という筆名で、『さわらび』という文芸同人誌に寄稿していたが、『さわらび』を運営している人が金鶏出版と親しいため、同誌に発表した作品は文学賞の選考対象になっているのだそうだ。

「これを」

滝尾は肩から提げた白い革のバッグから、冊子を取り出して正美に渡した。A5判のごくうすいものだ。表紙に『さわらび』と、個性的な筆文字でタイトルが記してあった。『秋号』とあるから、季刊のようだ。新刊書店でも古書店でも、見かけたことはない。そもそも存在を知らない。書店などに流通しているものではなさそうだ。寄稿者のほとんどはアマチュアで、しかし意外な有名作家の名前もある。

その『さわらび　秋号』に父の受賞作となる小説が掲載されていた。令和万葉文学賞は、令和と銘打っているところからもわかるとおり、始まってほどない。規模も小さく、金賞の賞金が五万円というところからも、つつましさが察せられる。そういったつつましさが、正美はきらいではない。

「受賞者が亡くなられているので、お嬢さまに受賞をお知らせに来たのです」

「それは、それは――」

存命ならば喜んだでしょう。そういってはみたが、あの父の笑顔は想像できなかった。

「つきましては、お忙しいとは存じますが、お願いがあります。授賞式においでいただけませんでしょうか。できれば、おとうさまに代わって、受賞のスピーチなどいただければ、大変に嬉しいのですが」

「え？」

虚をつかれた態度の裏で、正美はちょっと気持ちがはずんだ。

「授賞式は、六月二十六日の午後六時から、弊社の五階会議室で行います」

「はあ」

まるで突然に父の魂が乗り移ったみたいに、正美は照れた。滝尾の表情は明るいし、ヒロコさんは満面の笑みだ。

「ご出席いただけますか？」

「行きなさいよ。おとうさんのためよ」

店はヒロコさんが居るし、抗がん剤治療の日でもない。正美はまだ照れた様子で、「行きます」と答えた。

渡された冊子を開いてみたのは、帰宅してからだ。親子関係の良しあしにかかわらず、親の書いた小説を読むなどというのは、非常に億劫だった。それでも、読むのが父への供養だろう。この冊子をわざわざ持って来てくれた滝尾にも、賞をくれた人たちにも、それが礼儀というものだ。

「…………」

父の作品は、原稿用紙百枚ほどの私小説だった。

（あらまあ）

私小説なのに、主人公は父自身ではなく正美だ。作中では、雅美に変えられているが。

物語は、雅美の少女時代を描いている。愛情と子育てのスペックが足りない両親、身勝手な兄、障がいのある姉を家族に持ち、灰被り——シンデレラみたいに雅美は苦労して成長する。しかし、そんな苦労も、多くの場合は報われない。唯一、雅美を愛してくれる姉が、施設に入所するところで物語は終わっていた。ひたすら切ない小説だった。

（へえ）

これは、父なりの愛情の物語である。作者は作中の『父』に辛辣で、強い皮肉をもって書いていた。父が自分を批判的に見ていたことは、驚きというほかない。亡くなる直前までクソオヤジだった父は、自分がクソオヤジだと知っていたのだ。

*

授賞式の前日、リカが時書房にやって来た。授賞式のための装いを誂えるのに、リカに手伝いを頼んだのである。ウィッグをいったいいくつ持っているものか、リカの今日の髪型は赤毛のボブだ。

「うんと、派手でおしゃれなのを見つけてあげてね」

ヒロコさんは、正美も大いに変身するものと期待している。

「まかせてください」

来たときから、リカは大きな紙袋を肩から提げていた。うすいけれど大きさが大きさだからひどく邪魔そうだ。何が入っているのか訊いても、リカは楽しそうに笑うだけでなかなか教えてくれない。その中身を見せてもらったのは、服、靴、バッグ、化粧品にウィッグと、すべての買い物を済ませた後だった。

紙袋の中には、凧が入っていた。本格的な江戸凧で、正美の分もある。

「凧あげしませんか」

「凧？」

「そう、凧」

手術のために入院していたとき、リカは凧あげがしたくてたまらなかったという。正美が墓じまいのことで悩んでいたように、リカは窓の外の青空を眺めて、あそこに凧を飛ばしたいと念じていた。

買い物した荷物を駅のコインロッカーにあずけて、二人で公園に向かった。

「ええと。凧って、どうやったら上がるんだったっけ」

「最初は走るんです。ひたすら走るんです」

「目立つねえ」

大きな凧を両手で抱えた正美はしり込みした。リカはそれを鼻で笑う。

「後になって、やっぱりあのときに凧あげしたかったっていっても遅いですよ。今やんないと、おばあさんになって死ぬときに、凧あげておくんだったたって思っちゃいますよ」

「思わないわよ、そんな」

でも、正美の気持ちはさっそく、凧あげへと傾きだしている。

「えー、恥ずかしいなあ」

文句をいっておけば、とりあえず周囲の視線に弁解できるような気がして、ぶつぶついいながら糸をひっぱってみた。リカが先に走り出し、取り残されるとさらに他人の目が気になるように思えて、正美も慌てて後を追いかけた。

走るなどということを、ずいぶんとしていなかった。だから、すぐに息が切れた。凧は引きずられて地面で何度もバウンドし、そしてふわりと風に乗った。リカの凧が浮いたのも同じタイミングで、正美は周囲への気配りをつい失念して、歓声を上げた。

あたしとしたことが。

正美は自分もまた、いつぞやうなぎ屋で見た達也みたいだなあと思った。

——おお、すごいねえ。

最初は少なからず奇異の目で見られていたのに、今は喝采をもらっている。凧は風を受けてどんどん上がり、空を泳ぐ感触が糸を通じて手に伝わった。それだけのことなのに、むしょうに楽しい。自分と凧の位置が逆転し、まるで自分が空を飛んでいるような錯覚を起こした。

最後に凧あげをしたのは、小学校三年生のときだった。

当時は町内に子ども会があって、それがなかなかに鬱陶しかった。クリスマス会やら草木染め体験やら、何かというと集合させられ、正美は断るのに苦心したものだ。こどもの日にも公園に集まって凧あげをするのが恒例で、四年生から後は参加した記憶がないから、子ども会から抜けたのか、子ども会自体が解散したのか、それもやはり覚えていない。

（バカだなあ）

子ども会なんて、子どもでなくちゃ参加できないものを。逃げたり断ったりしている場合ではなかったのに。こんなに楽しいのに。

空が淡いオレンジ色になるころ、二人はようやく糸を手繰り寄せてベンチに座った。正美の凧は、鏡獅子（かがみじし）の絵の頭のところが破れて穴が空いている。みるからに値の張りそうな凧を、引きずったり落下させたりと、ずいぶんと雑に扱ったことをいまさら後悔した。

「ごめんなさい。ぼろぼろになっちゃった」

「いいんです、いいんです。凧は飾るもんじゃなくて、空に上げて遊ぶものですもん」

リカはそういって、顔を上向けて風を嗅（か）いだ。

「やっぱり、大人になると、凧あげなんてなかなかできないじゃないですか。だから、今日、正美さんに付き合ってもらえて、すごい嬉しかった」

「こちらこそ、感謝してます。何十年ぶりに、心のごみ箱がからっぽになった感じだった。——でも、凧あげしたいなら、旦那（だんな）さんを誘えばいいのに」

「たっちゃん、はしゃいでうるさくして、皆から白い目で見られちゃうもん」

はしゃいでうるさくして、皆から白い目で見られている達也が、すぐにまぶたに浮かんだ。それでも、これはリカのウソだ。今日という一日は、リカが正美にプレゼントしてくれた日なのだ。きっと。

「もうずっと前からね、爪あげがしたかったんですよ。いつか子どもが生まれたら、いっしょにしようと思ってたんだけど。子ども、もうできないかもしれないじゃないですか。そう思ったら、猛烈に爪あげ、爪あげって、それぱっかり考えてしまって。通販でもずっと品切れで、昨日やっと届いたんですよ」

リカの声が、不意にくぐもった。腕でぐいっと目のあたりをぬぐっている。水色のネイルチップが落ちて、ガタガタになった爪が露わになった。抗がん剤で、爪がやられている。そうと察して、正美はリカの爪も泣いているのも、見ていないふりをした。

以前、達也にもいったが、ホルモン療法は抗がん剤治療の後に五年から十年かかる。しかし、リカはまだ二十代だ。それが終わってからでも妊娠の希望はある。

(だけど)

若いリカにとって、十年先と五十年先に、あまり違いはないのかもしれない。ここで「大丈夫だよ」と励ますのは、前にヒロコさんがいっていた「他人事としての、客観的な意見」だ。それは確かに問題解決の薬だが、ストレートすぎて劇薬にもなる。だから、正美は言葉をさがしあぐねた。

「やだ、ごめん、すみません。暗くなっちゃった。こういうの、きらいなのにな。爪あげ、楽しいはずだったのに、失敗しちゃったかな」

「いや、そんなこと──」

口に出そうとした言葉が、頭の中が揺れるような不快感──めまいのせいで、どこかにいってしまった。こんなときに副作用の貧血に襲われるとは、なんと鬱陶しいことだ……。とりあえずは、リカに助けを求めようと顔を上げたら、当のリカも白い顔をしていた。

「やばい。はしゃぎ過ぎました」

「実は、あたしも」

「あちゃー。二人とも、バカですねー」

お互いに視界をかすませながら、無理して笑った。同じくらい馬鹿あげで大騒ぎしたから、同じ種類の貧血が召喚されたのだろうか。そう考えたら、気分が悪いのに、おかしくなる。

体調は正美の方がまだ少しマシのようだったので、リカを支えるようにして公園を出て、タクシーに乗せた。

「正美さんは、大丈夫？」

「いいから、いいから」

二人で死人みたいな顔色で庇い合っていたら、タクシーの運転手が心配してくれた。しまいには追い払うようにしてクルマを発進させて、正美は落ち武者みたいに一人でよろよろと駅に向かった。ロッカーから荷物を出すと、やはりタクシーで帰宅した。

自宅にもどってしまうと、貧血は霧が晴れるみたいにうすれてゆく。

冷凍してあったご飯で、おかゆを作って食べ終えるころには、すっかり元の調子にもどっていた。リカから短いメールが着信したのは、入浴後にテレビのニュースを眺めていたときだ。

——爪あげ、楽しかったですね。またしましょうね。

「しましょう」が「しましょう」になっている辺りがご愛嬌だ。正美は笑顔とハートの絵文字を並べて返信した。

＊

貧血は再来の気配もなく、正美は時書房を昼過ぎで早退した。今日は、父の授賞式があるのだ。当人に代わって、おめかししなくてはならない。なにせ、父の晴れ舞台だと思って散財したのである。精一杯に装わなくては、財布に申し訳ない。

鏡の前で、ショートカットのウィッグをかぶってみた。

「うふふ」

おもわず、笑った。意外に似合って、うれしかったのだ。ファッション鬘はうそくさいと聞いていたが、今着けているのはごく自然である。がんを告知されてからというもの、おしゃれをするなんてすっかり忘れていたから、本当に久しぶりに気持ちが弾んだ。店員とリカのアドバイスを聞かず、一番おとなしいものを買ったのは正解だった——でも、リカみたいに思い切って可愛らしく変身をする願望がないわけではない。

（いやいや、無理無理）

少なくとも、今回はよした方がよさそうだ。父の書いた「雅美」の実物が、イタいおばさんだったというのは、あまり喜ばしいことではない。

元よりそういうつもりで、服も礼服一歩手前というシンプルな濃紺のワンピースを選んだ。これも、われながらよく似合っている。鏡の前でパントマイムのように動いたり回ったり振り返ったりした後、満足して化粧にとりかかった。

化粧にいたっては、病気になる前から、ほとんどしたことがない。すっぴんでそこそこ映えるたちなのである。

（でも、今日は特別ってことで）

特別というのは、なかなか楽しいものだ。

眉毛（まゆげ）を描いた。——自前の眉毛は、薬の副作用で抜け落ちてしまっているのだ。

まつげを付けた。——抜け落ちてやはりないのだが、こちらは鏡の前で密（ひそ）かに噴き出してしまった。なにやら、女装した宇宙人みたいに見える。せっかく買ったのに惜しいが、まつ毛はやめておこう。

化粧を終えて、にっこりした。自分がなかなか美人であることを思い出した。

少し早かったが、外に出た。

金鶏出版はＪＲ神田駅に近いので、久しぶりに電車に乗った。普段は行動範囲が狭いうえに、自転車に乗れば事足りるのである。

金鶏出版は、表通りから一本入った小路にある、五階建てのビルだった。会社の情報は調べていたが、外観などをネットであらかじめ検索しなかったのは、父の代理で来たからだ。父は身勝手なお山の大将なので、自分が理解できないインターネットなるものを嫌っていて——ほとんど憎んでいて、それに当然のように依存する現代人に大いに不満を抱いていた。ここで敢えて父に嫌われることなどして、化けて出られたらと思うと気持ちが悪い。なにせ、納骨は墓の引っ越し後にするから遺骨はまだ正美のマンションのリビングにあるのだ。

そんなわけで白紙に近い頭で来たのだが、目の当たりにした金鶏出版の外観は——その印象は、あまりにも想像どおりだった。

古びたタイル張りの建物で、一階には新刊書店、地下が『洞窟』というバー、二階と三階にもテナントが入っていて、金鶏出版のオフィスは四階と五階ということになる。新刊書店の自動ドアのわきに、真鍮の手すりが付いた観音開きのガラスのドアがあった。狭いエントランスには金鶏出版の新刊書をディスプレイした本棚があって、紫陽花を挿したガラスの花瓶と、二匹のテディベアがクタリと鎮座していた。

とても古めかしいエレベーターの奥に、階段が上下に伸びている。そちらを上ってみたい気もしたが、めずらしく踵の高い靴を履いたのでエレベーターで行くことにした。

授賞式の会場は、最上階の五階である。

エレベーターを降りた先の廊下は、一階のエントランスに比べると、やや事務的で、やや雑然としていた。剝がし忘れたらしい古いポスターやら、段ボール箱やらが目につく。イベントが始まる前にと思い、奥まった場所にある手洗いに入ったら、二つある個室のうちの一つが和式だった。——正美は、そちらを使わせてもらった。

(なんだか、緊張してきたな)

鏡の前で顔の筋肉を動かしてから、深呼吸をして会場に向かう。

広くもないフロアのほとんどを占める会議室に、パーティの用意がしてあった。上座には金屛風とマイクが設置されていて、ぼんやりと自分の結婚式のことを思った。

「正美さん」

滝尾の、いささかテンション高めの声がした。

振り向くと、前に会ったときと同じく黒髪をひっつめにして、前より明るい顔をしている。授賞式が始まるまで、滝尾があれこれと世話を焼いてくれた。金鶏出版の重役や、お祝いに駆けつけた『さわらび』のメンバーと名刺交換などする。正美の名刺は時書房のもので、父の仲間たちからもらった名刺はバラエティに富んで面白かった。銭湯の主人、会社役員、ホスト、歯科医、子ども食堂の主宰者、芸能マネージャー、声優、宮司――。

パーティが始まり、スピーチで登壇すると、緊張のあまり何が何だかわからなくなった。

フラッシュの閃き(ひらめ)で、緊張は増幅される。マスコミらしい人たちが正美の言葉を真剣な顔付きで書きとるものだから、恐縮のあまり逃げだしたくなった。口が勝手にしゃべっているのは、スピーチを練習しすぎて暗記した成果だ。

「父は、おおむね、当人が書いたとおりの、とてつもない人でなしでして――」

あまり面白いとは思えないのに、聞き手の一同は笑ってくれた。宮司も、芸能マネージャーも笑っている。金鶏出版の社長も、滝尾も笑っている。

「あの灰皿のエピソードなんかは、ほとんど実話なんです――」

作中、幼かった雅美が、幼稚園の工作で父の日のプレゼントをこしらえた。厚紙に銀紙を貼った灰皿だ。当時の父は愛煙家で、やはり常に苦虫をかみつぶしたような顔をしていたが、小さな娘の手作りの贈り物にはさすがに相好をくずした。

しかし、それもほんの少しの間だ。

「幼稚園でわたしが父のために作った銀紙の灰皿を、癇癪を起した父がわたしの目の前で破り捨てたのは、実際に起こったことで――」

四十年近くむかしのことだ。でも、正美はいまだに忘れがたく根に持っていたので、それこそ黙って墓場に持って行ってたまるかと、千載一遇のこの機会に暴露してやると決めていた。しかし、あまりにも洒落にならないエピソードで、さすがにだれも笑わなかった。さりとて、父本人があの事件を記憶していたことだけは、実に意外であった。

「肉親ですから、悪くとるまいと努め、ひょっとしたら悪い人じゃないのかもと思うようにしていたのですが、さすがにそれは難しいことでした――」

灰皿のエピソードのあたりから、聞き手の顔が真面目になっている。うなずく人も居る。

「でも、父の書いた物語を読んで、結局のところ善人だったのだなあと思うようになりました。だったら、生きているうちに、そう思わせてくれたらよかったのに」

どうして小説の中でしか気持ちを表現しなかったのか。おかげで、あやうく稀代の毒親だと思うところだった。

「この小説を読むことができて、わたしは救われました」

そういいきると、会場に居た全員から気持ちのこもった拍手をもらった。そのときしみじみと、正美は今ここに居ることの幸福を感じた。ちょっとあごを上向けて、照れた子どもみたいに微笑んでから、ぺこりとお辞儀をした。

パーティのご馳走は、あまり食べられなかった。いろんな人と挨拶しなくてはならなかったし、例によって抗がん剤の副作用なのか緊張のせいなのか、食欲がなかったためもある。それでも、こんな晴れやかな場に身を置くのは初めてのことで、竜宮城に居るみたいに楽しい時間だった。自分の結婚式の百億倍くらい、楽しかった。

二次会は地下のバーに案内された。名前のとおり、洞窟を思わせる不思議な空間である。カッパドキアの洞窟住居に着想を得てデザインされたとのことで、壁は岩肌を思わせたし、天井が低めで中東風のタペストリーがふんだんに飾られていた。メニューも中東風だけど、もちろんアルコールはある。

正美はこんな場ではそつなく立ち回るのが苦手で同じ席に座ったままだったが、入れ代わり立ち代わり、いろんな人がとなりにやって来た。時書房のことを話し、出版や創作に関する珍しいエピソードをたっぷりと聞いた。父の思いがけない話も、聞けた。

「武蔵さんは、山上憶良みたいな人でしたよ」

そういったのは、同人仲間の歯科医師である。武蔵さんというのは、何度聞いても慣れないが、父のことだ。

「山上憶良、ですか？」

古典はまるっきりわからないわけでもないが、山上憶良はエアポケットである。髭と黒ぶち眼鏡で顔面の黒い面積が広い歯科医師は、色黒なのも手伝ってまっくろくろすけみたいな印象がある。ユニークな歯医者さんだなあと思いながら、正美はシンプルに訊き返した。まっくろくろすけ似の先生は、古代人みたいな節回しで憶良の歌を吟じる。

「瓜食めば子ども思ほゆ栗食めばまして偲はゆ——という感じですね」

曖昧にわらっていると、子ども食堂の主宰者である年配の女性が話に加わってきた。

「そうそう。皆で集まって食事会をして、うな重を食べたんですよ。そうしたら、武蔵さんは何度も何度も——うちの次女はこれが好きでと、繰り返すの。あんまり同じことというから、ボケたんじゃないかと思ったわよねえ」

「へえ……」

正美は意外そうに目を丸くしてみせた。父が正美の好物を知ってたなんて、こうして文学賞を受賞するよりも意外だ。

「喫茶店に行ったときも、そうだったわね」

「そうそう。武蔵さんは決まって苺パフェを食べるんだよね。それで、長女に初めて苺パフェを食べさせたときどんなに喜んだか、何度も何度も話すから——しまいには、お茶に行くときは『武蔵さんはどうせ今日も苺パフェでしょ』なんて意地悪いわれて、でもやっぱり喜んでいたよね」

「苺パフェの話をするとき、武蔵さんにはわたしたちのことなんか見えてなかったのよ。小さかったお嬢さんの記憶だけが、視界にあったのよ」

正美の知るかぎり、父は姉に冷淡だった。施設に入れると決めたのも父だし、一度も面会に行ったことはなかったはずだ。

「そんなことないわよ。毎月、会いに行ってたわよ」

「え？」

「長女へのおみやげだって、のらくろを見せてもらったことあるもの」

「のらくろ」

そういえば、姉の部屋には正美からのプレゼントではない人形やぬいぐるみが相当数あった。今年の誕生日には、のらくろのぬいぐるみをもらったといっていた。

もっと前に気付くべきだった。

父のクリニックの待合室にも、同じものが飾られていたのだ。これは、パラダイムシフトとでもいうべきではないか。父は真に子煩悩だったのか。

「おうちでは、優しいおとうさんだったんじゃないの？」

「いやいや、まさか金輪際絶対にあり得ない」

正美があまりに強調するので、周囲で聞いていた人たちがいっせいに笑いだす。その声に気付いて、滝尾が近づいて来た。

「名案があるんです」

滝尾は顔を輝かせていた。

「正美さんの時書房で、『さわらび』の朗読会を開かせていただきたいんですけど」

「うちで？」

店が狭いとか、流行らない店だから誰も来てくれまいとか、無意識のうちにも断りの言葉を探していたら、『さわらび』の会員たちがわらわらと集まって来た。皆の笑顔を見ていると、わけもなく楽しい気持ちになって、正美は「よろこんで、場所をお貸しします」なんていっていた。

父もこの人たちと居て、楽しかったのだ。

実際、夢のような夜だった。

＊

梅雨が明けた日、父と先祖の遺骨を樹木葬の墓に埋葬した。いろいろ考えてしまったが、つまりこれは引っ越しなのだ。生者が住所を変えるのと同じく、亡き人たちの転居にほかならない。そう思ってみたら、ずいぶんと気持ちが楽になった。

杉田も、この日を選んで母親を埋葬した。あらかじめ連絡があって、申し合わせて同じ日時を選んだのである。

雨の気の消えた空は底なしに青くて、その先に宇宙があることをじんわりと実感させた。少しだけ風があり、いささか気の早いヒグラシの声がする。もっと遠くでキジバトが呑気（のんき）な声をあげていた。小さな子どもが若い両親と歩いている。花を抱えた老婦人とすれ違う。

ここはひとつの街だ。死者の街だ。

赤石家の先祖たちも、永遠にここで暮らすのか、生まれ変わって別の人生を送るのか、それとも死んだときに全ての存在が消えてしまったのか。正美にはそんなことはわからないが、赤石家の拠（よ）り所が引っ越しを済ませたと思うのは、とてつもない解放感をともなった。死が消滅でないのならば、いつか自分もここに来るのだ。そして、また別のだれかとして、この世に生まれるかもしれない。だとしたら、自分にとっても、先祖たちにとっても、姉にとっても、兄にとっても、ここもまた仮の棲（す）み処（か）だ。

「これを」

となりを歩いていた杉田が、封筒を差し出した。

何も書かれていなくて、まるで未使用にも見えたが、きちんと封緘されている。うながされて開封した中に、一万円が納められていた。

「本当に少なくて、すみません。でも、これから毎月払います。必ず、全部返します……」

杉田は息子の昴そっくりにもじもじした。毎月一万円ということは……完済までに八年と少し。気の長い話だけど、収入がないのならそれでも大きな負担だ。正美は、自分が病人の布団をはぐ悪徳高利貸しになったような気がした。無利子だけど。

「そんなに急がなくていいですよ」

なんていってはみるものの、前に怒ったことを思うと、いかにも気分屋みたいできまりが悪い。杉田はそんなことは気にしていない様子で、やはりもじもじしている。それが照れている子どもみたいに嬉しそうな気配もあって、正美は問うように相手の顔を見た。

「仕事が決まりまして」

杉田がそういうので、正美は「おお！」と遠慮のない喜びの声を上げた。

「おめでとうございます。じゃあ、おかあさんも安心できますね。うちの父も喜んでますよ、きっと」

就職先はビル管理会社で、杉田は清掃の仕事をしているという。

「正美さんとここに申し込みに来た日があったでしょう？　あの後で行った面接で、合格したんです。いろいろとおかげさまで」

「あたしは何も――」

正美は顔の前で手を振って、つい「昴くんはどうしていますか？」と口に出しかけて、あわてて言葉を飲み込んだ。どうしてその言葉を飲み込むのか、胸の中でぐずぐずと考える。また引きこもっていると聞くのが怖い反面、元気で働いているといわれるのも、なんだかいやなのである。つまるところ、時書房から追い出したことが、後ろめたいのである。

それがいかにも矮小な心根から生じた感情だと思い、あらためて訊くことにした。

しかし、口を開く前に電話が鳴った。時書房の固定電話からだった。耳に当てると、昴くんは、どうしていますか？

ヒロコさんの慌てた声がした。

――店長、大変、どうしよう。

「え？　どうしたんですか？」

――明日来てくれるはずの子、ドタキャンだって。

以前から力仕事要員のことで頭を悩ませていた古書展の日程が、あさってにせまっていた。その前からずっと、ヒロコさんは昴を呼び戻すべきだといい、正美もそうしたいのは山々だった。それで、つい新しいアルバイトの採用を先のばしにしてきた。それでも古書展の日が迫り、当日だけ大学生に臨時で来てもらうことにしたのが、先週のことである。

明日は会場に本を運び込む予定だ。正美は力仕事を医者に止められているし、悪いことにはヒロコさんはぎっくり腰の真っ最中だった。ぎっくり腰でなくても、出品する本を全てヒロコさん一人に運んでもらうなんて、鬼や悪魔みたいなことはできない。

「これから、ハローワークに……」

——無理無理。もー、何を呑気なことをいってるか。

ヒロコさんは鬼畜の所業を実行されるかと思って、それでよけいにあせっているのかもしれない。そんな無体なことはしないからと請け合ってから、正美は通話を切った。それから、途方にくれる。明日必要な人材をハローワークに相談するのも非常識だろうが、知人の伝手を頼るにしても、時間が少なすぎる。残された手は、出店の辞退だけだろうか。

「どうしました？」

正美の深刻な様子を見て、杉田は遠慮がちに訊いてきた。

「実はですね——」

出店辞退という方向に秒速で気持ちが傾いていたので、愚痴をこぼすような気持ちで、電話の内容を教えた。同情した顔で聞いていた杉田は、しかし不意に明るい表情になる。

「それならば、昴に行かせましょう」

「え？」

「あいつ、今月から仕事に行っていなくて――」

今度は、杉田が話す番だった。

昴はコンビニのアルバイトを順調に続けていて、杉田も内心で喜んでいた。人と関わるのが得意ではなくて、最悪のときはうつ病にまでなってしまったけれど、時書房に勤めた後は変化があった。

「万引きを防いで、自信を持ったみたいでした」

「ああ。あのときは、大活躍でしたね」

昴が追いかけたので、一冊も盗まれずに済んだ。そのときにお客が求めていた本も、無事に手渡すことができたのだ。昴は怪我をしたけど、正美に危ないことをするなと叱られたけど、昴は反省していたようだけど、めでたしめでたしの結末だった。

「ひとさまの役に立ったと、実感したんだと思います。それから、昴は変わりました」

「へえ……」

正美には、その変化はわからなかった。

「いいえ、確かに変わったんです。だから、その後でも新しい仕事を探す気になったのです。ところが——調子に乗ってしまったのかもしれません」

先月のことだ。昴が働いているとき、やはり中学生が店の品を持って逃げた。盗まれたのはコンドームで、犯人はそれをぼたぼた道端に落としながら逃げた。

時書房での活躍と同じく、昴は中学生を追いかけ捕まえた。しかし、一緒に転んで昴はやはり足をくじき、逃げた中学生も捻挫してしまったのである。

中学生の両親が、血相を変えて店に怒鳴り込んだ。彼らは昴を辞めさせろと息巻き、そうしなければ傷害罪で訴えるといった。盗まれたのがコンドームだったことから、二人はそのことでも昴をなじった。

——こんなもの、うちの子を怪我させてまで取り戻したいのか。いやらしい店員だ。こういうヤツが、性犯罪を起こすのだ。

「あいつは、自分から辞めたそうです」

「はあ？　ちょっと、何それ？」

正美は目下の困りごとも忘れて、頭に血をのぼらせた。目の前に、その両親とやらが居るみたいに、ひどく怖い顔をする。杉田はそんな正美を見て、ぺこりと頭を下げた。

「そんなわけで、昴は時間を持て余していますので、よろしければ使ってやってください」

「あ――ありがとう」

正美は急にいろんなことを思い出して、その全てを無理にも押しやって、杉田の申し出を受けることにした。

＊

翌日になって現れた昴は、コンビニでの業腹な仕打ちにも、正美に一度追い出されたことにもめげずに、嬉しそうにしていた。杉田から聞いたコンビニでの事件の顛末は、ヒロコさんにも漏れなく報告し、二人で怒りを分かち合った。災難に遭った当人の登場に、時書房の中では義憤が一気に再燃する。

しかし、昴は文句も愚痴も悪口もいわなかった。

「また、こちらで働けて、うれしいです。だから、ぜんぜんオッケーです」

寛容というのではない。昴は最初から怒りという感情を、あまり持たないのかもしれないと、正美は今ようやく思い至った。ひどい仕打ちをうけたら悲しいし、好かれたり大事にしてもらえば嬉しい。だから、高校時代のいじめっ子のことも、怒って仕事をうばった正美のことも、昴は恨んでなどいない。

正美は不意に、目の前に居るのが大柄な若い男ではなく、童話に登場する無垢な主人公のように思えた。いや、森に棲むけなげな小動物のように思えた。つまり、昴は浮世離れしているし現実離れしている。おどおどして、もじもじしているのは、傷つけられないための無意識の防衛本能が働いているせいなのかもしれない。

この子に、社会の世知辛さを教えるべきか、否か。

古書展の後も当分はアルバイトに来てもらうことになったので、正美はその課題から逃げずに対峙しなければと思った。父もまた、正美に昴の教育を期待していたのかもしれない。

(世の中を自分に合わせて変えることは、できないわけだから、この子もある程度は変わらなくちゃいけないよね。でも、この子のペースで変えてみたらいいんだ)

昴は、束にした本をせっせと軽ワゴンの荷台に運んでいる。大きな後ろ姿が、やっぱり人形劇の指人形のように小さく見えた。

ガラス戸に貼った朗読会のチラシがはがれかけていて、正美はテープで貼り直した。ウィッグの下から頰に伝わる汗を人差し指の背で拭いて、正美は運転席に乗り込む。来週で抗がん剤治療が終わることを、ぼんやりと考えた。

(なーんか)

エンジンをかけてハンドルをにぎる。

窓の外で、留守番担当のヒロコさんが手を振った。

「店長、積み終えたわよ」

「はいはい。じゃあ、行ってきます」

助手席に乗り込んだ昴が、シートベルトを締めるのを確かめながらクルマを出した。

（いろいろあったけど、良かったじゃないのねえ）

エアコンがなかなか効かないので、頭が蒸れて痒い。左手でガリガリと乱暴に搔いていたら、昴がギョッとした顔でこちらを見ていた。ウィッグが、ずれている。

「やあだ、あはは」

正美の笑い声を乗せて、小さなワゴン車は重たげに青信号を越えた。

参考文献

『街の古本屋入門』志多三郎（光文社）
『古本屋開業入門　古本商売ウラオモテ』喜多村拓（燃焼社）
『ナニワ金融道　カネと非情の法律講座』青木雄二・監修（講談社）
『乳がんと診断されたらすぐに読みたい本』豊増さくらと乳がん患者会 bambi 組（健康ジャーナル社）
『図解　親の財産を見つけて実家をたたむ方法』内藤久（ビジネス社）
『ネットではわからないお墓問題の片づけ方』（主婦の友社）
『終活ねっと』https://syukatsulabo.jp/

※　作中の埋葬にかかる費用は、本編執筆時点で調査した価格です。地域や、時期により変動があります。

本書は書き下ろしです。

ある晴(は)れた日(ひ)に、墓(はか)じまい

堀川(ほりかわ)アサコ

令和2年 8月25日　初版発行
令和6年 9月20日　6版発行

発行者●山下直久

発行●株式会社KADOKAWA
〒102-8177　東京都千代田区富士見2-13-3
電話　0570-002-301(ナビダイヤル)

角川文庫 22284

印刷所●株式会社KADOKAWA
製本所●株式会社KADOKAWA

表紙画●和田三造

●お問い合わせ
https://www.kadokawa.co.jp/（「お問い合わせ」へお進みください）
※内容によっては、お答えできない場合があります。
※サポートは日本国内のみとさせていただきます。
※Japanese text only

ISBN 978-4-04-109773-1　C0193

◆◇◇

角川文庫発刊に際して

角川源義

第二次世界大戦の敗北は、軍事力の敗北であった以上に、私たちの若い文化力の敗退であった。私たちの文化が戦争に対して如何に無力であり、単なるあだ花に過ぎなかったかを、私たちは身を以て体験し痛感した。西洋近代文化の摂取にとって、明治以後八十年の歳月は決して短かすぎたとは言えない。にもかかわらず、近代文化の伝統を確立し、自由な批判と柔軟な良識に富む文化層として自らを形成することに私たちは失敗して来た。そしてこれは、各層への文化の普及滲透を任務とする出版人の責任でもあった。

一九四五年以来、私たちは再び振出しに戻り、第一歩から踏み出すことを余儀なくされた。これは大きな不幸ではあるが、反面、これまでの混沌・未熟・歪曲の中にあった我が国の文化に秩序と確たる基礎を齎らすためには絶好の機会でもある。角川書店は、このような祖国の文化的危機にあたり、微力をも顧みず再建の礎石たるべき抱負と決意とをもって出発したが、ここに創立以来の念願を果すべく角川文庫を発刊する。これまで刊行されたあらゆる全集叢書文庫類の長所と短所とを検討し、古今東西の不朽の典籍を、良心的編集のもとに、廉価に、そして書架にふさわしい美本として、多くのひとびとに提供しようとする。しかし私たちは徒らに百科全書的な知識のジレッタントを作ることを目的とせず、あくまで祖国の文化に秩序と再建への道を示し、この文庫を角川書店の栄ある事業として、今後永久に継続発展せしめ、学芸と教養との殿堂として大成せんことを期したい。多くの読書子の愛情ある忠言と支持とによって、この希望と抱負とを完遂せしめられんことを願う。

一九四九年五月三日

角川文庫ベストセラー

紙屋ふじさき記念館
麻の葉のカード

ほしおさなえ

叔母に誘われた「紙こもの市」で紙雑貨に魅了された百花。会場で紹介された一成が館長を務める記念館でバイトすることになるが……。可愛くて優しい「紙雑貨」に、心もいやされる物語。

新八犬伝　起

石山　透

伏姫、八房、玉梓の怨霊、犬塚信乃、浜路、網乾左母二郎……『南総里見八犬伝』の大胆な解釈のもと大人気を博した伝説の「人形劇」が、脚本家自ら書き下ろした完全小説版として蘇る！

新八犬伝　承

石山　透

力自慢の犬田小文吾。悪女舟虫の計略にはまり、牢に入れられてしまう。そこへ助けに現れた絶世の美女、その正体は若武者犬阪毛野だった。伝説の人形劇が、脚本家自ら書き下ろした完全小説版で復活！

新八犬伝　転

石山　透

水もしたたる美少年、犬阪毛野は父の仇の黒幕管領扇谷定正の屋敷に忍び込むが。伝説の人形劇。あの興奮が、人気キャラクターとともに文庫となって蘇る！

新八犬伝　結

石山　透

悪女舟虫の計略で、管領扇谷定正に捕えられた犬塚信乃の運命は？　伝説の人形劇『新八犬伝』。その最終話は、いったいどんな終わり方だったか？　この完結巻でわかります！（解説・京極夏彦）

角川文庫ベストセラー

あなたの獣　井上荒野

子を宿し幸福に満ちた妻は、病気の猫にしか見えなかった……女を苛立たせながらも、女の切れることのない男・櫻田哲生。その不穏にして幸福な生涯を描いた、著者渾身の長編小説。

結婚　井上荒野

結婚願望を捨てきれない女、現状に満足しない女に巧みに入り込む結婚詐欺師・古海。だが、彼の心にも埋められない闇があった……父・井上光晴の同名小説にオマージュを捧げる長編小説。

誰かと暮らすということ　伊藤たかみ

いつになったら、満たされるんだろう。誰に対して怒っているんだろう――都会の片隅でちいさな不満やささやかな希望を抱きながら生きる等身大の日常に優しいまなざしを注ぐハートウォーミングストーリー！

入れたり出したり　酒井順子

食事、排泄、生死からセックスまで、人生は入れるか出すか。この世界の現象を二つに極めれば、人類が抱える屈託ない欲望が見えてくる。世の常、人の常をゆるゆると解き明かした分類エッセイ。

甘党ぶらぶら地図　酒井順子

青森の焼きリンゴに青春を思い、水戸の御前菓子に歴史を思う。取り寄せばやりの昨今なれど、行かなければ出会えない味が、技が、人情がある。これ1冊で全県の名物甘味を紹介。本書を片手に旅に出よう！

角川文庫ベストセラー

ほのエロ記
酒井順子

行ってきましたポルノ映画館、SM喫茶、ストリップ、見てきましたチアガール、コスプレ、エログッズ見本市などなど……ほのかな、ほのぼのとしたエロの現場に潜入し、日本人が感じるエロの本質に迫る！

下に見る人
酒井順子

人が集えば必ず生まれる序列に区別、差別にいじめ。時代で被害者像と加害者像は変化しても「人を下に見たい」という欲求が必ずそこにはある。自らの体験と差別的感情を露わにし、社会の闇と人間の本音を暴く。

子の無い人生
酒井順子

『負け犬の遠吠え』刊行後、40代になり著者が悟った、女の人生を左右するのは「結婚しているか、いないか」ではなく「子供がいるか、いないか」ということ。子の無いことで生じるあれこれに真っ向から斬りこむ。

二人の彼
群ようこ

こっそり会社を辞めた不甲斐ない夫、ダイエットに一喜一憂する自分。自分も含め、周りは困った人と悩ましい出来事ばかり。ささやかだけれど大切な、〝思い〟をつめこんだ誰もがうなずく10の物語。

三味線ざんまい
群ようこ

固い決意で三味線を習い始めた著者に、次々と襲いかかる試練。西洋の音楽からは全く類推不可能な旋律、はじめての発表会での緊張——こんなに「わからないことだらけ」の世界に足を踏み入れようとは！

角川文庫ベストセラー

無印良女（むじるしりょうひん）　群　ようこ

自分は絶対に正しいと信じている母。学校から帰宅しても体操着を着ている、高校の同級生。群さんの周りには、なぜだか奇妙で極端で、可笑しな人たちが集っている。鋭い観察眼と巧みな筆致、爆笑エッセイ集。

作家ソノミの甘くない生活　群　ようこ

元気すぎる母にふりまわされながら、一人暮らしを続ける作家のソノミ。だが自分もいつまで家賃が払えるか心配になったり、おなじ本を3冊も買ってしまったり。老いの実感を、爽やかに綴った物語。

老いと収納　群　ようこ

マンションの修繕に伴い、不要品の整理を決めた。壊れた物干しやラジカセ、重すぎる掃除機。物のない暮らしには憧れる。でも「あったら便利」もやめられない。老いに向から整理の日々を綴るエッセイ集！

うちのご近所さん　群　ようこ

「もう絶対にいやだ、家を出よう」。そう思いつつ実家に居着いたマサミ。事情通のヤマカワさん、嫌われ者のギンジロウ、白塗りのセンダさん。風変わりなご近所さんの30年をユーモラスに描く連作短篇集！

まあまあの日々　群　ようこ

もの忘れ、見間違い、体調不良……加齢はそこまでやってきているし、ちょっとした不満もあるけれど、なんとか「まあまあ」で暮らしていければいいじゃない。少し毒舌で、やっぱり爽快！な群流エッセイ集。

角川文庫ベストセラー

ペコロスの母に会いに行く　岡野雄一

母ちゃん、ぼけてよかったな――。ハゲちゃびん漫画家と、施設に暮らす認知症の母との可笑しくて切ない日々。第42回日本漫画家協会賞優秀賞受賞、ベストセラーとなり映画化された、笑いと感動のコミックエッセイ！

犬が来る病院
命に向き合う子どもたちが教えてくれたこと　大塚敦子

「子どもの時間」の時計の針を止めない。たとえそれが命をかけて闘う小児病棟であっても。日本で初めて小児病棟にセラピー犬を受け入れた聖路加国際病院。4人の子どもたちの生死を通して描く感動の記録。

女の旅じたく　岸本葉子

重い旅行鞄を持ち歩くのは嫌だけど、仕事道具も身だしなみも寛ぎアイテムも省けない。そんな女性ならではの葛藤や工夫がたっぷり詰まった、旅と旅じたくの超実用的エッセイ。あなたの鞄も軽くしませんか？

ブータンしあわせ旅ノート　岸本葉子

国民の幸福度が高いことで知られるアジアの秘境ブータン。豊かな自然と温かな笑顔に満たされつつも、停電の夜の寒さや親切過ぎる人々に戸惑うことも。「幸せの国」の魅力をありのままに綴る旅エッセイ。

「和」のある暮らししています　岸本葉子

効き目はスローだけど安全な納豆菌、保存料いらずのぬか床、保温性抜群の土鍋。毎日の暮らしに無理なく取り入れられる、日本人の生活の知恵を大紹介。「和のチカラ」の良さを再発見できる生活提案エッセイ。

角川文庫ベストセラー